リトル・ヴェニス

近藤耕人

幻戯書房

目次

III

リトル・ヴェニス

I

リトル・ヴェニス

野辺《のべ》麻夫《あさお》は家を出た。自分の絵を描くためには独りにならなくてはならない。学生時代木造アパートの一間で林檎箱を机にしては自分にどんな能力があるのかもわからず、将来何をして食べていくのか、日焼けした板壁に向かい、椀形の笠の着いた電気スタンドの下で、印刷の悪い挿絵の入った美術の本を眺め、ロシアの作家の小説を読み、十代の自分を主人公にして小説が書けるかも知れないと原稿用紙を埋めたりした。芸術の専門学校で小説の話をし、女の身体が欲しくて結婚し、追いかけるように子供ができると月給袋の札を数え、月給日までの日数を数え、ボーナスまでの月数をかぞえるようになっていた。

家族と友人たちから身を離し、筆とパレットと絵具とスケッチブックをまとめ、下着とジーパンとセーターとブルゾンをバッグに詰め、垢じみたモスグリーンのハンチングを頭に乗せ、餞別代わりに親戚、友人を回って買ってもらった絵の代金とわずかな退職金を腹巻きに入れて初めて飛行機に乗った。暖房の足りない薄い空気と、鳴り止まぬプロペラの回転音に耳を塞がれ、遠ざかる自分の過去をあれこれ回顧しながらうとうとしたかと思うと、機内で身動きが始まったので夜が明けたのかと窓のブラインドを上げて外を見ると、いきなり煉瓦造りの家が眼下に傾いて見えた。ああ、イギリスに来ている。

*

野辺が講師をした専門学校の教え子の昇がロンドンで写真家をしていて、市街地の外れにゲストハウスの空き部屋を見つけてくれた。階段上の廊下を仕切って鉄のベッドを置いたような部屋だった。東京の夏の蒸し暑さに汗まみれになり、連日自作の絵を持って買い手を訪ね回り、背も腹も薄い札束ほどに萎えた野辺は、真ん中が人形《ひとがた》に凹んだマットに頭と背中と腰を埋めて、翌日の昼過ぎまで東京からの距離の分だけぐったり眠った。古ベッドは揺れはしなかったが、棺桶のような窪みから固くなった腰をなだめて床に降り、開けたまま寝ていた窓にたどりついて表の通りを見下ろすと、日の当るプラタナスの葉蔭で白人が道路工事をしていた。ここは外国なのだと野辺は頭を切り替えた。

夕方昇が夕食を用意したからと野辺を迎えにきた。近くに住んでいる昇のアパートの部屋は湿って狭いが、昇の妻のまりえが集めたらしいマグやティーカップ、皿が棚に並んで、人の住んでいる処らしく見えた。同じアパートにいるベルギー人の若い女性も招ばれていた。モデルをしているというエッサは白い長い指を器用に動かしてセロリの葉をむしり、ブルーの目を野辺の目とセロリの茎の間に素早く動かした。野辺はスツールの上に置いてあった週間娯楽案内誌『タイムアウト』を開いて、後の広告ページに三行で綴ってある貸間・アパートの記号を読み解こうと、大凡の場所、寝室、スタジオ、週単位の家賃、男女別、ゲイ／ストレート、電話番号と指で辿った。

「ゲイ／ストレートって陽気で真面目な人っていう意味なの」と野辺が訊くと、エッサはルージュの唇を大きくひねってゲラゲラ笑った。野辺は頬骨の先端が熱くなって俯くと、エッサのブルーのコットンのワンピースの胸元から薄いピンク色の小さな膨らみの襞が見えた。絵のモデルには細すぎる、と野辺は悔しまぎれに女の品定めをする振りをして顔のほとぼりを冷まそうとした。筆をひと塗りしたら皮膚の外に食み出してしまう。首は日焼けして、ところどころ焼き栗のような色をしている。きっとビキニの跡が白くなっているのだろう。

＊

八月だからと野辺は東京のまま半袖のシャツ一枚でゲストハウス一階のドアを押して外へ出ると、目の前を痩せた男がコートの襟を立て、うつむき加減に通り過ぎた。そのあとをつけて表通りに出ると、青い長葱を一本差した古い黒革の大きなハンドバッグを抱えた老婦人が真剣な顔付きで広い石畳の車道を黒革靴で渡っていく。四つ角に生えた大きな楡《にれ》の木の下で、長年風雨に晒されているがしっかりした樫の木のベンチに、白い顎鬚《あごひげ》を伸ばした老人がひとり腰かけていた。野辺は楡の木とベンチと老人の構図を眺め、この近辺の様子を訊いてみようと、会釈してその隣に坐った。

「日本から来て、アパートを探しているんです」

野辺は頭の中で作った文章を読むように老人に話しかけた。

「わしはあそこに住んでおる」

老人は髯の中の紫がかった唇を動かして野辺にわかる英語で言い、萎びた右手で通りの筋向かいの大きな五階建てのビルを指した。「安くて食事も良い。仲間も沢山おる。みな親切だ。あそこに行って訊いて見なさい」

「ありがとう」

野辺は親切な老人に礼を言い、車の少ない石畳の大通りを渡り、反対側の歩道に上って振り返った。歩道のベンチの老人は絵になる。建物に向かって行くと年期の入った煉瓦の壁が目の前に迫り、縦形の窓が何列にも並んでいるのを仰ぎ見た。そこはアパートというよりもワーキングクラスの老人ホームらしい。野辺は入口の大きなガラス扉を押すまでもなく通りすぎた。横道に外れ、店のある方へ緩い坂道を登った。

文房具屋らしい店のガラスドアに名刺大や葉書半分の紙に思い思いの広告の文句を綴って貼ってあるのを見て野辺は立ち止まった。

「フランスまでのドライブ旅行のガソリン代シェア」「求むベビーシッター」「スペイン語家庭教師します」「売りベビーベッド」「求むアパートの同居人」「部屋貸し」。野辺は「マンション内ベッドルーム&リビング」という文字が目についた。町名が同じなので中に入ってボールペンとノートを買ってコインを作り、外の電話ボックスで番号を回してみた。二回連続の呼び出し音が何度目かで切れると、勢いのいい男の声が、近くの地下鉄に乗って二つ目の駅で降りてからの道順を丁寧に教えてくれた。途中で電話が切れて、もう一度コインを入れて掛け、マンションの名前を確かめた。

急な坂を下ると、黄味がかった褐色のタイル壁の大きなマンションが大通りに面してあった。ガラスの入った重い木のドアを押すと正面に古風な蛇腹の鉄骨のエレベーターがあった。最上階の五階で降りると左右にドアがあり、電話で聞いた番号の方の呼び鈴の釦を押すと、しばらくしてドアが内側に開き、背の高い丸顔の男がにこやかな眼差しで野辺を迎えて中に招いた。青と茶の幾何学模様の絨毯を敷いた暗い玄関ホールの隅の座卓にベージュのシェードの付いたスタンドが灯り、その横に黒い電話の受話器があり、その脇の黒い陶器の皿から香の煙が一筋立ちのぼっていた。アラビアの芳香がした。

「わたしはマールトン・シャーグです」と男は挨拶した。

「アサオ・ノベです」と野辺も名前を言った。

食堂とキッチン、廊下の突き当たりの広い部屋、その手前のベッドのある狭い部屋、共用のバスルームとトイレを案内し、冷蔵庫と食器と食料品棚も共用で、部屋代は週六ポンドだと言った。質素な机とベッド、床には麻を編んだ敷物が敷いてあり、壁は全面幾何学模様の布で隠してあった。野辺は頭の中で週単位の部屋代を四倍して月単位の額を計算してみたが、ポンドと円のレートがよくわからず、昇の家にあったタイムアウトの広告で見たアパート代より少し高いと思ったが、一人暮らしというマールトンの上品な態度と、広いマンションの白い扉がいくつも並んでいる長い廊下の奥の部屋が気に入ったので、そこを借りることにした。

翌日、先ずターナーを観ようと野辺はテムズ川畔のテートギャラリーに出掛けた。なにやら発音し難いバス停の名をヴォークホールと言うと、女の車掌がヴォークスホールと言い直してにっこり笑った。

ターナーの絵は小さく、水彩の色は淡いが、奥が深く広いのに野辺は目を細めた。山は低く、海は遠く広い。雲はさらに遠く薄い。人の姿もカモシカの群れも小さいが、よく見ると、手も脚も細い線できちんと捉えてあることがわかった。離れると筆の遊びに見えるが、近づくときちんと生き物の線をつかんでいる。見えないものが見えて来る。目が補って絵を造る。潮の引いた広い海岸で大勢の女たちが白いスカートを膝の上までたくし上げ、白い頭巾を被り、背をかがめて釣りの餌をつまみ取っている絵の前に野辺は立ち尽くした。赤味を失いかけた夕日が水平線に沈もうとしている。小さい三角の夕焼けを両側から閉じようとする青い雲のカーテン。女たちの華奢な白い腕と開いた細い脚。顔は俯いて見えないが屈んだ身体の線に色気を感じる。水平線が画面を二分し、雲は四種の色でざっと描いているように見えるが、海水に浮ぶ夕日と雲の影、女たちの脛まで入念に描いてある。ムンクの誇張した明かりの造形的な反映像よりずっと生々しい光の描出だ。水と空気と光のエレメントを捉えようとしている。

地下の広いカフェテリアで野辺はコーヒーとスコーンを買い、奥に緑の荘園を描いた壁が見えるテーブルを選んでほっと腰を下ろした。色とりどりの髪とシャツとブラウスで華やかな広間で、野辺は渇いた喉にコーヒーを染ませた。日本人のいない空間はこんなに落ち着くものなのか。自分の席だけ周囲とは無縁の空になったみたいだ。野辺はスコーンを指に力を入れて割り、歯の間で砕き、崩れた粉はコーヒーで濡れた舌の上で溶けて喉に馴染んでいった。果樹園のバナナの葉が揺らいで、涼しい風が天上から降りて来ると、ターナーの水彩も胸を下った。

夜、野辺が駅の近くで買ってきたフライドチキンを食堂で食べていると、マールトンがやって来てトルココーヒーを淹れてくれた。長柄のついた銅製の小さな湯沸かしに砂糖を入れた上に深く焙煎したコーヒーの粉をたっぷり入れて湯を注ぎ、ガスコンロでゆっくり熱すると、濃密な甘いコーヒーの香が部屋中に広がった。古い冷蔵庫、テレビ、カセットテープの詰まった本棚、ゴミ入れの缶、一つ一つ違う椅子が四脚、ローマかどこかの広場のエッチングの額が壁に掛かっている。

小さいカップからトルココーヒーを口に含ませると、とろりと口蓋の粘膜を撫でて甘美な液が喉から胸の奥へと流れていった。

「トルココーヒーを飲むのは初めてです」

「底に残った粉は飲まない方がいい」マールトンは野辺に注意した。「トルコに住んでいたことがあるんだ。父親がトルコ史を研究していたから。ハンガリー人もこういうコーヒーを飲む。グーラーシュには合うんだよ」

ハンガリー人なのかなと野辺は思った。

「グーラーシュ」

「ハンガリーの濃いシチュウだ。その後でこの濃いコーヒーを飲むと脂が溶けてすっきりする」

「グーラーシュ」野辺はもう一度発音してみた。牛肉が口の粘膜にとろけるようだ。日本にはこんな音の料理はない。牛をギューと言って、ギュードン、ギューナベ。ラーで舌を使う。舌は肉だ。「トルココーヒーをもう一杯もらってもいいですか」

「もちろん」

マールトンは銅の小鍋を濯いで砂糖を敷き、粉コーヒーをスプーンに山盛り入れ、熱湯を注いでガス台に載せ、ガス栓をわずかに捻り、先端にヤスリのついた柄の長い点火器を軽く摺り合わせて器用に火を点けた。かすかに日本とは違う玉葱のような臭いがした。野辺は初めて玄関ホールでマールトンに会ったときに、野辺と握手した色白の柔らかい長い指が、なにか宗教の儀式を営むように手際よくコーヒーを淹れる仕種を眺めた。独り暮しらしいマールトンは野辺とは違って女のように馴れた手つきで丁寧に食器を扱った。

その夜、野辺の頭はガス台に乗せられたコーヒー鍋のように煮立って、人形のベッドの凹みで寝返りを打ちながら、一睡もできなかった。天井に近い窓ガラス越しにわずかに見えるマンションの屋上の暗い夜空がライトブルーに明るんできても、トルココーヒーのとろみとグーラーシュの肉汁が渦巻く大鍋で脳味噌を揺さぶられ、ロンドンの夜明けの空に脱出することはできなかった。

広い方の部屋にある古机を、マンションの裏手の丘の中腹に建つ煉瓦造りの家を眺める窓に移動させ、その奥にフロアスタンドと余分の椅子を寄せて仕事場らしく模様替えすると、野辺はロンドンの中心街にある筈のウインザーアンドニュートンの画材屋を探してみようと思った。

＊

ラスボーン通りを地図で調べて近くの地下鉄の駅で降り、エレベーターで地上に出ると、大通りではあるが店はまばらで、通りを歩く人も少なかった。野辺は近くにいた学生風の男に訊いてみたがラスボーンは知らないと言った。年輩のおばさんに訊いてもわからなかった。大きな箒で道を掃いているおじさんに訊くと、得たり顔で道路の先を手で示しながら道順を一所懸命に教えてくれたが、酔っ払いのひねり声を聞いているようでさっぱりわからなかった。野辺はおじさんの右手と同じ方向に自分も右手をのばして「あっちの方か」と言ってにっこり礼を言った。古い石の建物の角の壁に貼ってある小さな標識を見て回りながら、やっと細い横丁の先に文房具屋のような目立たない店を見つけた。これが有名なウインザーアンドニュートンの店か。筆と絵具を選び、大判のスケッチブックを買ってほっと表通りへ出た。そこは秋葉原の場末のような、電気店がちらほらある通りだった。賑やかな交叉点に近づいたと思うと、突然爆発音が響き、地下鉄の入口らしい所から白い煙が上がった。人混みが一瞬止り、話し声が止んで皆の目が一斉に煙の方に向いた。地下鉄の穴から男女の群れが必死の顔つきで飛び出してきた。野辺は筆と絵具の入った紙袋とスケッチブックを入れたビニール袋を思わず抱きしめ、歩道の端に立ったままブラウンやレッドやブロンドの頭だけが左右に揺れるのを注視した。走り出す人はいなく、人々はまた思い出したように元の動きを始めた。野辺は紙袋をビニール袋にまとめて用心深く別の地下鉄の穴を求めて歩き出した。ロンドンにはテロリストがいるのかも知れない。

　地下鉄の駅へ下る口は狭い。身体の大きいイギリス人が上がって来ると、身体の細い野辺でも壁際に身を寄せて相手が通り過ぎるのを待つようになる。踊り段の隅に若い男が立ってヴァイオリンを弾いている。足元に楽器のケースを開いて置いてある。脇目も振らず弓をこする男の姿を見て野辺は足をゆるめ、相手の顔を見た。人を楽しませるために弾いているのではなく生きるために弾いている。日本人の若い男と違って、そこに人間が居ると言う存在感がある。ヴァイオリンのケースにコインを落とす人はいない。みな地下鉄のホーム目指して急いでいる。ヴァイオリニストはおかまいなしに弾き続ける。後ろから迫る足音に急かされて野辺は角を曲がって階段を降り、ホームへ向かった。あの男は自分の中でヴァイオリンを弾き、全身から音を発している。野辺はチューブと言われている円筒の中を走る古い地下鉄の車両に乗り、頭が天井につかえそうになる大きなイギリス人の胴体の間に身を置き、自分も仕事帰りのような顔をして闇の中を走った。人混みの中にいると自分は自分一人だとも、自分も群衆の一人だとも思い、自分も皆と一緒に扱われながら、一歩駅の外に出ると、一緒にいた人群れはたちまち左右に散って、それぞれ自分たちの居場所に去って行き、自分は一人になる。野辺はできかかったロンドンの居場所に向かって緩い坂を上る。

*

手始めに食堂にある古いガスレンジを描いてみようと野辺は思った。年代物の、グレーの扉の付いたオーブンと上部に大小二つのガスコンロがある。ガスの焔は細い。その右隣のテーブルに古いモノクロのテレビ、左にゴミの缶、上部の棚に大きなフクロウの陶器の人形が立って部屋を見下ろしている。その横の窓からはマンションの隣の翼の壁と窓が見える。屋根の上に覗く空は相変わらずグレーの雲に覆われているが、食堂の左手の高窓から射し込む色のない光は、色彩のない食堂の雰囲気には合っている。マールトンはトイレと洗面を済まし、大股で廊下を歩いてそそくさと朝食をとって背広を着て出掛けたから、食堂はしばらく一人でいられるだろう。

野辺はスケッチブックと画材をもって食堂へ行き、大きな食卓の上の新聞とパン切り用のアルミのトレイとパンナイフ、灰皿とトランジスタラジオを片方に寄せ、椅子を置き直して骨董品らしい頑丈なガスレンジを眺めた。無表情のオーブンの扉はよくあるものだが、剝き出しの円形のガスバーナーが面白い。そこからガスが無言の囁きの炎を吹き出す。死んでいた骨董品が突如生き返る。危険な代物だが頼りになる。黙しているクローゼットや椅子とはちがう。ウインザーアンドニュートンで買った厚手の画用紙を開き、東京で使っていた4B鉛筆で線を引き始めると、時計の音もエアコンの溜息もなく、表通りの車の音も厚い石壁に吸われて籠り、野辺は今自分がどこにいるのかわからない中空で、目の前の形と影を紙の上に実現させることに集中した。筆を握ると目は筆になり切り、頭は筆が撫でる白い紙で、筆の先はそこに自分の鼻先を描こうとしている。火のないガスレンジは死んでいるので、キッチンの赤い琺瑯の湯沸かしを持ってきてガスコンロの上に載せてみた。紙の上の形は目の前のガスレンジを写しているのか、頭の中に映る形をなぞっているのか。野辺の目は鉄の道具と紙の間を往復し、中庭の上の空の雲に赤味が差してきた。オーブンの扉と手前の二本の脚にブルーを注したグレーを塗り始めたとき、玄関のドアに鍵が射し込まれ、ドアが開く音がした。靴が食堂に入ってきた。背広姿のマールトンが野辺の後ろに立った。

「おお、アサオは絵を描くのか。このガスレンジはジャンクショップで買ったんだ。時代がかって気に入っている。こんな代物はもうどこにも売ってないよ」

マールトンは嬉しそうに笑ってアサオのスケッチブックをちらっと覗き、部屋に引き下がった。野辺は独りの空間に邪魔が入ったので気が冷め、道具を仕舞い始め、ジャンクショップで買ったガスレンジと聞いてもう一度その鉄の道具を正面から見定めた。赤い琺瑯《ほうろう》の湯沸かしはビロードの縁なし帽を被ったイギリス人の老紳士に見えた。自分の部屋に帰ると、野辺は窓から赤味を増した丘の樹林と煉瓦の建物を眺めた。あそこにはイギリス人が住んで居る。

野辺がフライドチキンとポテトチップスにロールパンを大皿に盛り、紅茶を淹れて夕食の準備をしていると、マールトンもやって来てローストビーフとアスパラガスとチーズを皿に載せ、テーブルの上の大きなアルミのトレイの上で黒パンを二枚切り取ってテレビの前の席に着いた。

「アサオはどんな絵を描くのか」

「油で静物や人物、ヌードも描いて来たけど、もっとモチーフを広げたいと思って。日本の風景は刺激がなくて筆が向かなくなったから」

「日本の風景はきれいだろうに、エキゾチックで。パゴダやテンプル、茅葺きの屋根の農家はノスタルジックじゃないか」

「あれは藁屋根、稲の」

「窓、スライドするペーパーの窓はなんて言ったか」

「ショージ」

「ショージ。映画で見たことがある。フロアのあの草のマットはなんと言うのか」

「タタミ」

「タタミ。あれは広いベッドだ。あの上にフートンを敷いて寝るのか。フートンはイギリスでも人気がある。フートンを売る店があるよ。トーキョー・ストーリー、バイ・オヅ……」

「オヅ・ヤスジロー」

「オヅヤスジロー」

マールトンはローストビーフを器用に切り分けて食べ、野辺はフライドチキンの骨を紙ナプキンで巻いて腿肉を齧った。

「イギリスの画家では誰が好きかな」

「ターナーの絵を見て来ました」

「おお、ターナーが好きか。ターナーはいいが、風景を描くと言うよりも、風景の上に自分の絵を描いている」

「風景の印象を描いていると言う意味ですか」

「印象と言うと、自分の頭の中のイメージを描くのだが、風景を下絵にしてその上に絵具を掃いている」

「なかなか詩的なことばですね」

「ことばではなくて、気象、イギリスのその時々の天候を色に転換しているのだ。イギリス人は絵画的な国民ではないから、つねに変わるイギリスの天気を絵具で捉えようとしているのだ。いつももやもやしているだろう」

「天気を絵にするのはむずかしい」

「キングやクイーンを描くよりは面白いさ」

マールトンはゲラゲラ笑ってパンを一切れ口に放り込んだので、野辺も長いポテトチップスを一本口に入れて笑った。顔の皺を描くよりイギリスの天気が描けるようになれば一流だ。顔は線一筋で表情が変わるが、気象は画面一杯の筆のさばきでしか表現できない。

野辺は自分の部屋へ戻り、暗くなった窓を背にきしむ椅子に座って、マールトン手作りの白木の棚にぎっしり並んだアラビア文字の本と、どこかの宮殿の版画の額と、赤紫色の整理箪笥《たんす》のじっと動かない佇まいを眺めた。この部屋で謎めいた物は本棚に詰まったアラビア文字の本だが、その中身は絵に描けない。動かない版画と箪笥はそれを描いた絵よりも実物の方が重みがある。マールトンが「ペイント・オーバー・ザ・ランスケープ」と言ったのは面白かった。ただの印象ではないということだ。丘の上の西を向いた家の煉瓦壁にも灰色が降りていた。

人間の顔を描きたい。イギリスの天気は始終変わるが、植物は葉も花もなかなか変らない。動物は動く物だが、人間の顔ほど表情の種類はない。人間は皮膚が少し動くと心の動きを表わす。さまざまな人種の行き交うロンドンの街で野辺は映画や舞台を見るよりはるかに興奮し、同じ歩道で髪と肌と目の色の違う人間を間近に見る生々しさについきょろきょろしては自制しなければならなかった。職業、生活、持ち金まで顔に描いてある。褐色の腕、赤らんだ首、白い胸を剥き出して日に晒している。画家が描く人物はモデルで、日々を生きる人間のその時その場の表情ではない。

＊

翌日、野辺はトラファルガースクエアのナショナルギャラリーにチケットなしで重いドアを押して入った。いきなりヤン・ファン・エイクの『アルノルフィーニ夫妻像』が目の前にあった。こんな大きな名画が最初の部屋の正面にあってただで観られる。男のサンダルが脱ぎ捨てられ子犬が足元でこちらを見ている同じフロアに自分も立っていている。銀行家アルノルフィーニが新婚の妻ジョヴァンナ・チェナーミを、絵を観る者に紹介している。目は俯き加減で、平安と繁栄を神に祈っているようだ。俗人が絵の主題になっているのは、美術の支え手がブルジョワの手に移っていると言うことか。パープルとグリーンがくっきりと財力の標しになっている。色彩は権威よりも素材の価値だ。顔はフェルトを厚化粧して目鼻を入れた死に顔だ。テンの毛皮で縁取った高価なガウンの方が高級に見える。衣裳をつけたマネキン人形みたいだ。

美術史のページをめくるように部屋から部屋へ抜けていると、野辺はふと片隅の黒っぽい絵が目についた。ひっそりと俯いている顔に引き寄せられて近付くと、レンブラントだった。堂々とした男の顔と白い手に光が当たっている肖像画ではなく、控え目で自信なげな表情。鼻は大きく目立つが、男はモデルに選ばれたのを戸惑っているようだ。

広縁の黒いレンブラントハットを被り、マントに包まれ、赤味を帯びた暗い背景の隅にいて、だれも振り向こうとしない顔。他人に気付かれず一人自分の中で生きている男。話すことはなく、話しかけられることも望まず、過去に為し遂げたことがあれば人知れずその思い出を浮かべながら道の端を黙って歩く。若い頃は人に囲まれ褒められたこともあったが今は人から離れ、ひとり自分の住み慣れた部屋へ帰る。人目を避けて。そういう顔を描いてみたい。表の顔ではなく裏の顔を。人に見せる顔ではなく人から隠す素顔。そんな顔をしたモデルはいないだろうか。自分の顔はどうなっているのか知らないが。

野辺はレンブラントの描いた暗い男の肖像画に自分を映して眺めていた。

美術館の重いドアを押して外へ出ると、トラファルガースクエアはまだ明るく、ライオン像のある一画に人が集まって、即製の舞台の上で若い男が演説していた。大きなイギリス人の肩の間から中背の野辺が覗くと、石の床に火を灯した蠟燭のカップが三十個ほど二列に並べられて間が通路になっている。パンフレットが配られ、不当な権力を弾劾している。どこかの国で虐殺されたユダヤ人を追悼する儀式をかねた抗議集会らしい。ネルソン提督の銅像の頭上を乱れ雲が覆っている。演説する人は若者に見えて顎髭は茶色いが、乱れ髪には灰色が混じっているのが逆光で見える。野辺は髯のない顎をしゃくって噴水の縁石に腰を下ろし、スケッチブックを拡げて水辺で遊ぶ子供たちの動き回る姿態を4B鉛筆の線で追った。ギャラリーの石壁に頭を付け、帽子から靴まで全身白塗りにした男がキャスター付きの白い道具箱で重心を取って仰向けになっている。足の先に空き缶が置いてある。赤いワンピースの女の子が指をくわえて白塗りの顔を見上げている。その少し先にホームレスらしい大柄の黒人が白いレジ袋を下げて立ったまま微動だにしない。ギャラリーの額縁に収まった美術作品より広場の生の人間の方に目を惹かれて、野辺はせっせと鉛筆を動かした。女の子は目をつむって死んだ振りをしている白い男から身を翻して若い母親のもとへ走って行き、黒人はレジ袋から食べ物を取り出して口に入れ、女の子を振り向いた。

夜、食堂でテレビの音がしたので、野辺はマールトンと話をしに行った。モノクロの画面はヨーク州の炭坑のストライキのニュースを報じていた。マールトンがテレビの向かいに少し前屈みになって坐り、ひとり黙って画面に見入っている姿は珍しく淋しそうに見えた。

「おお、アサオ、絵はうまくいってるか」

「人物を描きたいのだが、だれかいいモデルはいないいですか」

「どんな人物を描きたいのだ」

「年寄りがいい。顔に人生が刻まれているような」

「僕の友人に誰かいるかな」

「ナショナル・ギャラリーでレンブラントの人物画を観てきましたよ。初老で、自信のなさそうな、善良そうな顔をしているのを」

「ああ、知ってる。あれはユダヤ人だ。レンブラントはユダヤ人街の近くに住んでいたんだ」

「どうりで目立たないように控え目な表情をしていた。人に見られたくないふうの。ああいう内向きの、大人しそうな顔がキリストの頭部像のジャンルに入るのかな」

「英雄像とは違うのだ。人目を避けて、隅に隠れるようにしている顔だ」

「どうして隠れるようにしているんですか」

「罪を背負っているという意識がうちにあるのだ」

「原罪ですか」

「ユダヤ人の歴史だ」

「日本人はそういうのないですね」

「日本人は、こう言っては、いけないかもしれないが、その、良心というものは、あまりないようだな。罪の意識、というか」

「良心はありますが、罪は仏に祈れば許されるとか、水に流して罪を無に帰すると言うか、あまり後に引かないと言えるかも知れないですね」

「どうしてかな。仏教は罪を許すのか」

「その話は難しい。日本人は罪を忘れっぽいと言うのか。寺は先祖を祀り、家内安全を祈るところで、罪を許してもらう所ではないから、お賽銭だけ上げて忘れようとするのかも知れない」

「仏像の顔は円満だ。仏に祈ればすべて〝無〟にして許してもらえるのだろう」

「仏の顔を拝むと心が安まるのはたしかですが。十字架のキリストの顔は歪んでいて苦しそうだが、聖母マリアの顔を拝むと救われる気になるのでしょう」

「イギリス人は苦難に耐えている顔をしてるだろう」

「日本人よりは人間らしく見えますよ」

マールトンはトルコヒーを淹れてくれなかったので、野辺は自分で湯を沸し、アールグレイのティーバッグに注いで飲んだ。テレビでは労働党の党首が顎を引いてヨーク訛りを喋っている。部屋に戻ってスケッチブックを開き、湯沸かしの赤いエナメルを際立たせようと思った。絵具はイギリス製だが、日本で使っていると色の違いとしか見ていなかった。周囲にあまり赤のないくすんだイギリスで見ると、赤は王制と帝国の赤、貴族の赤だ。灰色の空から中庭に降り、キッチンのゴミ出しのバルコニーに面した曇ったガラスドアを通して、小さな裸電球が一つある狭いシンクと調理台に斜に射し込むロンドンの光の中で見ると、湯沸かしのエナメルの赤にはイギリスの歴史が沈澱して見えた。日本には朱、紅、岩絵具の赤があるが、陶器の赤になると有田焼になる。天目に見合うような臙脂墨《えんじずみ》はあまりない。エナメルの赤には人間臭さがある。淀んだイギリス人は赤に救いを求めているようだ。

＊

翌朝は珍しく晴れて、野辺はスケッチブックと鉛筆を持ってマンションの表ドアを押した。まだ夏の気配はあったが、ガソリンや脂や石鹸、煙と油の混じった都会の空気を一息吸って歩き出した。少し西の方にリトル・ヴェニスと言う運河の美しい場所があるとマールトンに聞いて、イギリスの風景を見に行く気になった。地下鉄を乗り換え、パディントン駅で地上に出ると、そこは列車の終着駅で、巨大な天蓋の下にプラットホームが何本も並んで、到着したディーゼル車のドアから乗客がホームに降りてくるところだった。円い大時計が天蓋から下がっている。ヒースロー空港から乗ったバスの終点でもあった。野辺はトランクを持たずにスケッチブックを抱えるだけで大工場のような建造物の通路を颯爽と歩いた。モネのサン・ラザール駅の白い蒸気の吹き上がった絵は、活気はあるがいかにも額縁に収まった美しい構図になっているが、鉄道の発祥の地英国の終着駅は堂々とした鉄の貫禄がある。野辺は野良犬が一匹場違いな場所を歩いている気分になって外へ出た。線路をまたぐ陸橋を渡り、モーターウェイの下を潜る地下道に降りて向こう側に出ると、瀟洒な白い石造りの家が両側に並ぶ静かな通りがあった。ここは高級住宅街かと歩いて行くと、ふと前方にキラキラ光る水面が見えた。

そこは運河が交叉する水の広場で、濃い緑が両岸を縁取り、赤いドアの付いた平底船《バージ》が幅の広くない水路を往き来していた。野辺は煉瓦色の石柱の間からライトブルーの太鼓橋に入り、頭に金色の星飾りの付いた鉄柵の中程から、樹間に白い家の並ぶ上流と、下流は手前の白い窓枠のカフェの向こうに枝の先端が細い線になって伸びる木々の彼方に白い雲と淡い空色が続く風景を眺めた。岸辺の散歩道には休日の午後をゆったりと楽しむ人々が赤、黄、白の点景を描いていた。コンスタブルの風景画だと野辺は納得した。緑が重く、フランスの印象派の透明感のないところがイギリスの風景なのだ。野辺はポケットから鉛筆を取り出し、運河と木立と家と雲の位置に線を入れた。土色の水に緑と雲が映って白鳥が浮かんでいる。色は物の外から付けるのではなく物の中から光るものだから、自然の絵を描くと言うのは矛盾している。

世界は色で一杯だが、黒い平底船《バージ》の中で生活する人の姿は描けない。屋根の上に鉢植えの花を並べ、いつも船を泊める定まった岸の土手には秘かに自分の花を育てているようだ。子供たちはそこから学校に通うのだとマールトンが言っていた。水路の清掃の持ち場が変わると子供たちは別の学校に転校するのだと。

ここから見る風景は絵のように出来上がっている。野辺は作られた絵をなぞっているような気になった。茶毛の子供が寄ってきてスケッチブックを覗き、野辺の真面目腐った顔を見上げると、こそこそと走って行った。美しい運河と樹木とバージと白い雲の眺めとは似ても似つかぬデッサンを見比べて野辺は苦笑いし、大木の細い枝の先を針金細工のようにしなやかに伸ばした。

スケッチブックを閉じて橋を降り、白い石の家の並ぶ人気のない通りに戻ると野辺はほっとした。自分の靴の音を石の歩道から聞きながら歩いていると、やや高い一階の出窓に近く置いてあるらしい椅子に座って窓から身を乗り出すように外を眺めている老女の姿が見えた。

「ジャパニーズ」老女がにっこりして呼んだ。

野辺は思わず後ろを振り返って見たが誰もいなかった。

「イエス」

野辺が自分のことかと返事をすると老女は嬉しそうに、

「いらっしゃい」とドアの方へ手を振り、椅子から降りて姿を消すと、奥のドアが開いてポーチに立っていた。野辺は自分がどうなるのかちょっとためらったが、静かな住宅街で老女は一人暮らしのように見えたので、言われるままにドアの中に入ると、奥はそのまま老女の居間で、身の回りの品々が一杯並び、老女は一つある肘掛け椅子に野辺を座らせた。

「なにか飲み物はいりますか」

「水を一杯頂きます」

寝椅子の前の画架にウィルソン労働党党首の木炭のデッサンが載せてあった。老女がコップに水を入れて持ってきた。

「絵を描いているのね」老女は野辺のスケッチブックを見て言った。

なるほど、と野辺は合点がいった。

「ここは日本人がよく来るんですよ。土曜日に仲間が集まるの。あなたもいらっしゃい。みんなでお喋りしたり歌を歌ったりするの」

野辺は水を一口飲んで、壁際の戸棚の上に目をやると、頭部の白い石像や陶器の猫の像や若い男の写真が額に入れて飾ってあった。

「みんなわたしのことをノンナって呼んでるの。ノンナ・ベルニーニ。あなたは」

「アサオ・ノベです。絵をお描きになるんですね」

イタリアの偉大な彫刻家の名前なので野辺はあらためてノンナの顔を正面から見た。七十代だろうか、薄茶の大きな眼を剝いて、鼻も大きく、白髪まじりの髪を何本も細い紐に編んで頭にぴったりピンで留めてある。その間から赤味がかった白い地肌が透けて見えた。

「わたしの両親はミュジシャンだったのよ。姉は女優で、わたしはなんでもないけど、絵を描いてるの」

ノンナの話す英語は単語を並べるようで、母音が多かった。

「わたしを招んで下さったので、お礼にあなたの顔をスケッチさせて下さいませんか。お会いした記念に」

野辺はノンナが美術に関心があると知って、思い付いて言ってみた。ノンナは思い掛けない申し出にびっくりし、嬉しそうに不揃いの黄色い歯を見せ、着るものを取りに行こうとした。

「ノー、ノー、そのままでいいんです」

「でもヘアをなんとか」

野辺は自分の坐っていた肘掛け椅子にノンナを半ば窓の方に向いて坐らせ、自分は傍にあったスツールに腰掛けた。ノンナが神妙な顔つきになったので言葉をかけた。

「あなたはどこで生まれたのですか」

ノンナはにっこりおどけた顔になって、

「わたしはハンガリーとオーストリアの国境の汽車の中で生まれたんだよ」と言って右手の親指を唇の間に差し込み、頬を膨らませ、勢いよく「ポン」と音を立てて引き抜いた。野辺は思わず笑って、ノンナの顔の唇の線を開き、二本の前歯を少し覗かせた。

「親たちが演奏旅行の途中だったのよ。両親はクヮルテットを組んでいて、日本にも演奏旅行に行ったことがあるよ」

イタリア人らしいノンナの瞼をやや上げ、鼻の両脇の皺を薄くし、上唇を心持ち上げて、鼻の下の皮膚にわずかな笑みを含ませた。ノンナは絵のなかの顔になってきた。ラジオの声も時計の音もなかった。ノンナのだみ声が止まると、野辺がなぞる鉛筆の囁く音だけがした。窓の外の歩道を歩く足音もない。西向きの窓から入る光が低くなり、ノンナの顔の影が斜から水平に、幾分濃くなった。ノンナのかすかな息の音が速くなってきたので、野辺はスケッチを止めた。

＊

野辺は自分の部屋に帰って四〇ワットの暗いフロアスタンドの下で、スケッチブックのノンナの顔に少し色をつけた。人間の肌の色を紙に筆で乗せるときは一番敏感になる。赤を注すと血が通い、頬が温もってきた。

　野辺は思いがけない出会いをマールトンに報告した。

「アハハ、アサオを見ればすぐ日本人とわかるよ」

「どうして」

「むずかしい顔をして、うつむき加減にまっすぐ歩く姿は伝統的な日本人だ」

「よくわかりますね」

「映画を観るとよくわかる。侍の系統だな。中国人や韓国人とは全然違う」

　マールトンは長い脚と太い胴体と厚い肩で食堂の床のテレビの前を俯き加減に歩いてみせたが、野辺には全然日本人には見えなかった。野辺は日本人と中国人と韓国人を頭の中で並べてみた。顔は似ているのもあるが、表情の作り方、身振り手振りはたしかに違うだろう。

「ぼくは言葉の違いよりも喋り方、身振りや歩き方の違いで見分けるんだ。イギリス人の女は馬みたいに歩くだろう」

　マールトンは大きな尻を振ってガニ股でドタドタ歩いてみせた。馬のように歩くとはかっこいいのではなくかっこ悪いという意味か。野辺は自分の表情や喋り方、歩き方を見たことがない。アジア人やアフリカ人は別として、ロンドンを歩く西洋人の区別はまだまるでつかなかった。

「日本人は男と女が一緒に自殺することがあるだろう。あれはなんて言うの」マールトンがふだんから気になっていたことのように言った。

「しんじゅう」

「シュンジュウ」

「シンジュウです」

「シンジュウか。なぜ一緒に死ぬのか」

「愛し合っていて、この世ではそれが果たせないから、死んで一緒になろうと思うんです」

「死んだらどうして一緒になれると思うのか」

「あの世で一緒になるという夢です」

「映画があるだろう、あれは面白かった。テンのなんとかっていう」

「テンノアミシマ」

「あれが日本人の言う無なのかね。なにも残らないじゃないか。生きていれば二人で逃げて行けばいい」

「かけおち」

「カケオチ」

「逃れられないところに来ているんです。逃げても生きていけない。地獄に堕ちるよりは天国を夢見て死ぬ」

「キリスト教は自殺を禁じているが、仏教は認めているのか」

「認めてはいないが、死ねばホトケ、仏陀になるという思想があるんです」

「ハハハ、ホトケか。キリストは死んでもホトケにならなかったが、神になったと言う。自分は満足したのかわからないが」

「それは無ではないからでしょう。ナッシングはなにもない。目をつぶったとき、そこになにを見るかです」

「僕は夢を見ない」

「それは幸福ですね。それが無かも知れない」

「ハハハ、僕はもう死んでいるのか」

マールトンは嬉しそうに目を丸くして笑った。

*

ロンドン大学のユニヴァーシティー・カレッジの中にあるコートールド美術館にはいい印象派の絵が沢山あるとマールトンが教えてくれた。野辺は曇り日の午後、ブリティッシュ・ミュージアムの大神殿風の石造建築の裏に廻り、建物の間の路地を通って広いが日の当らない中庭に入った。いろいろな植物が雑然と植っているが、表通りの広場とは違って人があまり訪れることのない大学校舎の一階の壁に沿って歩いて行くと、小さなドアの入口があった。脇のプレートにコートールド美術館とあった。ドアノブを回すと開いて、隅にエレベーターの扉があった。旧式の狭い籠に乗ってボタンを押すと、籠はゆらゆらと上がって四階で止まり、扉が開いた。入口のテーブルにわずかな絵葉書が並び、大学の職員らしい慎ましやかな女性が座っていた。小額の入場料を払って一歩進むとそこはもうギャラリーで、ほかに客の姿はなく、壁一面に掛かった印象派の絵は沈黙していた。

隅にセザンヌの絵が一点目に留まって、野辺は思わず息を呑んだ。深い湖と左端に太い木の幹、向こう岸の山裾にある丸い石の建物が紺青の水に映って結晶している。セザンヌがこんな静謐な絵を描いていたとは知らなかった。線の定まった絵だ。セザンヌの風景はいつも風が吹いて揺れている。木の葉は半透明で、それを筆で掃いた跡を見ただけでセザンヌと分かる。油絵なのにどうして水彩のような透明感があるのか。透明水彩絵具を使ったからといって半透明の面が描けるものではない。セザンヌは木の葉や枝の肌を見てその肌理を写すのではなく、光が葉や枝を透かして大気に色の面を作るのを描いている。物を通してその向こうの空間を見ようとしている。その先はセザンヌの頭の中にあって絵を観る者には見えない。

野辺は湖の前に立ってその向こうに映るものを探った。職員が野辺の後ろ姿を目の隅に入れている。一人でいると周りの絵がみな無言で自分を見る。野辺はギャラリーから逃れたくなり、受付に挨拶してエレベーターの狭い籠に乗った。茂った植物を振り払うように中庭の外へ出ると、四辻の中心がスクエアの緑地になって、百年もそこにあるような大木が八方に枝を伸ばし、太い幹の周りにはわずかな植え込みがあって、周囲に木の柵を巡らしてある。アカデミックな建物に囲まれ、歩道にベンチがあったので腰を下ろすと、野辺の上に本物の樹木の気が降りてきた。細い枝が網の目に拡がり、先端がペンの細い線になっているのを眺めた。ここは台風が来ないのか。野辺は老木の気を深く胸に吸い込むとほっとしてスケッチブックを拡げた。セザンヌのプロヴァンスの木立とは違うイギリスの冷えた木の葉は輪郭がはっきりして、灰色の空から射す天光は葉を透かす力がない。

4B鉛筆の芯はすぐにまるくなり、スクエアを覆う大樹の緑の天蓋は尖った芯でないと線が描けない。枝の線は錯綜して光を細分する。通りの向こうから白と黒のプードルを連れた黒いドレスの女性が歩いてきた。プラチナグレーの髪を上品に分け、赤いスカーフを首に巻いて。この方が絵になる。野辺は急いでページをめくり、歩道と石灰岩の壁、その前の黒いガードレールをスケッチした。前方の角に大きなウィンドウのある店。女性はプードルを引いてその店のドアを押して入った。

野辺は樹の幹を鉛筆でなぞって黒くし、葉は点描で済ますとスケッチブックを閉じ、灰色の雲の裂け目の小さな青空を見上げ、女性の後を追って道路を渡った。ウィンドウに色とりどりの本が並んでいたので、野辺も厚いガラス扉を押して中に入った。プードルを連れた女性は小説の棚の前にいた。その近くの美術の棚を探してセザンヌの画集を見つけ、取り上げてページをめくった。湖と樹木と石の家の絵はなかった。プードルの女性はきびきびした目、細い鼻筋、弁《わきま》えた赤い唇はスカーフと同じ色、細い顎。バーン・ジョーンズの描く女にどこか似ている。プードルは背筋を伸ばして女性の足元に坐っている。山と樹の画集は色は鮮やかだが大気の気配はない。野辺はプードルの女性の整った横顔をもう一度目に納めて外に出た。

夜、キッチンでマールトンが夕食の準備をする音がしたので野辺は話しに行った。

「コートールド美術館へ行ってきましたよ。セザンヌの湖の絵が良かった」

「あれは良い絵だ。ゴーガンの『ネヴァモア』があっただろう。タヒチの女がベッドで寝ているヌードの絵。あれは素晴らしい。女がタヒチの悪夢にうなされている絵だ。ぼくはタヒチにいたことがある」

「タヒチに行ったんですか」

野辺は『ネヴァモア』の題名は忘れていたが、暗い女が寝ている絵は画集で見たことがある。

「そう、あんな女がいろいろいた。甘酸っぱい声で話す。ホテルでマッサージを頼んだら、パパイアの香りのする浴場でなにもかも全部やってくれたよ。タヒチの女の肌はビロードのような産毛か生えて、赤ワイン漬けのビーフの臭いがしたよ」

「へえ、地上の楽園ですね」

野辺は唾を飲んで、濃いトルココーヒーが飲みたくなった。マールトンは野辺をからかっているのか、話を作ってるのか。野辺はキッチンで水を一杯飲んで部屋に帰り、パレットと筆を取り出し、スケッチブックをテーブルの上に開いた。グリーンに少しブルーを入れてスクエアの大木の葉に色を乗せ始めた。色を付けると葉は不透明になり、それを薄めに留めてそこに光を表現するのがこつだが、それは結局色を塗らないでおくこつなのだ。ゴーガンの『ネヴァモア』は色になった肌がタヒチの悪霊を描き出したということか。筆の先で画用紙を撫でたり叩いたりしても木の葉に触れることは出来ない。赤味を帯びた電球の光に照らされて、画面は日焼けした色合いに見えた。

野辺はノンナのデッサンに色を付けるためにもう一度ノンナの家を訪ねようと思った。土曜にはみんな集まるから来るようにと言っていた。

＊

次の土曜も空は雲が流れて隙間からときおり鈍い光が降りてきた。白い石の建物の窓は閉まっていたが、近づくと奥でノンナが目を丸くしてこちらを見、すぐにドアが開いて出てくると、野辺を抱いて顔に硬い頬を寄せてきた。飲み物はいらないといってノンナを窓際に坐らせると、野辺は傍の椅子にスケッチブックを開き、ノンナの目の縁の複雑な皺と赤らんだ鼻の塊と、たるんだ顎の皮膚と喉に斜めにつく筋、胸元の赤らんだ鎖骨にベージュよりも薄い色を置き、唇と鼻先と頬に薄い赤味を差し、渦巻きの灰色の髪に半乾きのグレーの絵具を筆の先で掃いた。薄茶の瞳に四角い窓の光が映っているのを丁寧に小筆の先で形取ってみた。紙の肌をそっと筆でなぞると、絵具がふと生きた肌に見えるときがある。相手が年寄りでも喉と胸元の皮膚を描くのは急所に触れるスリルがある。

ノンナはじっとしていることよりもそばに人がいるのに話しをしないでいることの方が辛そうで、口を利きそうに口を開いて鼻で息を吸って胸を膨らませては、思いなおして口をつぐむのを見て、野辺の方から口を利いた。

「兄弟はいらっしゃるんですか」

ノンナは待ってましたと喋り出した。

「姉のヴァネッサがボローニャにいるの。女優だったの。トリスタンとイゾルデを演じたのよ。船の上で媚薬をごくごく飲むでしょ」ノンナは急に両手を壺にして頤を上げ、喉を鳴らして酒を飲む仕種をした。「年取った俳優の入る養老院にいるのよ」

ノンナの喉の薄い皮膚の斜めの血管の筋が変わってしまった。

「これはあなたの絵ですね」そばの画架に乗せてあるウィルソン労働党首の木炭画を指して野辺が訊くと、

「彫刻も陶芸もやるのよ、あそこにあるでしょ」と言って戸棚の上に並んだ小さな大理石の頭部像や猫を顎で指した。窓から入る夕方の残光がノンナの鼻の頭から薄れた頃、ドアを開けて一人、二人客が入って来た。野辺はノンナの目の下の皺に筆を入れて少し膨らませ、欠けた歯並を二本見せて笑う顔にした。

「オー、似てる、アーティストのノンナ」黒のTシャツを着た肌の浅黒い女性がそばに来た。

「あたしアマラっていうの。あなたは」

「ぼくはアサオ・ノベです」

「あれが弟のダマオ」と言ってギターを持って椅子に座った浅黒い痩せた男を指した。

野辺はダマオに会釈した。アマラは三十代か。弟よりは教養のある小さな整った顔をして、近くで見ても色が濃くて、皮膚の皺の見分けがつかないところが白人よりも謎めいて見える。胸は小さいが首は長く、顎が細い。野辺は人差し指の腹を喉の窪みに当ててみたくなった。筆よりは指の方が皮膚の窪み具合と柔らかさがわかるだろう。

ダマオがギターに親指を掛け、高い声で歌い出した。額に捻れた皺を三本寄せ、鼻の両脇に蜘蛛の脚が伸びるのを見て野辺はまたスケッチブックを開き、ダマオの皺顔を線で追った。蜘蛛の胴体が鼻になる。唇を歪めて必死で声を絞り上げる。声が顔の形に表れる。アングル、色合い、歌の心を読む。見えない胸の内が露になる。


パディントン駅前の横丁にカレーとシチューの煮込み料理のテークアウトの店を見つけて、野辺はインドカレーをカップで買った。マンションに帰ると野辺はバスルームに入って鏡に顔を映してみた。東京で毎朝見ていた顔と同じで、ロンドンでいろいろな人種に混じっていても自分の顔は少しも西洋化しておらず、不機嫌で目立たないどころか目立つことを避けているもとの顔で、それと知らずに他所の国をいい気で歩いていたのに気が付いた。中国人と間違えられず日本人とわかってもらえれば恩の字だ。しけた顔でもこれが自分の顔なのだ。机にスケッチブックを拡げてダマオの額と目と口元に影を付けてから紅茶を飲みにキチンへ行った。湯を沸かしているとマールトンもコーヒーを飲みに部屋から出てきた。

「絵はうまくいってるか」

「色黒の、ギターを弾く男の顔をスケッチしてきた」

「何人だ」

「どこか知らないが、英語の単語をとぎれとぎれにつないで話す三十代の男だ」

「アフリカ人か」

「いや、そんなに黒くはない。スワヒリ語を知っていると言っていた」

「インド人だろう。インド人は沢山ケニヤに移住している」

「なるほど、顎で発音するように英語を喋っていた」

「とつとつと聞こえただろう」

「僕の英語もとつとつだろうけど。マールトンが電話で話しているときになにか日本語みたいに聞こえることがあるけど」

「それはハンガリー語で話していたときだろう。ハンガリー語は日本語に似ているところがあると思う。ジンギスカンがアジアを駆け巡っていたとき、日本語を持ち帰ってハンガリーまで伝わったかも知れない。ハンガリー語と日本語は同じ先祖をもっているかもしれないぞ。ハハハ」

マールトンは電話でフランス語もドイツ語もスペイン語も話す。アラブ語らしいのも話している。トルコ語も喋るかもしれない。父親はトルコ史学者だったと言っていた。自分はカタカナ英語がやっとだと野辺は思い、絵は外国人にも通じるように描かなくてはと、部屋に戻ってスケッチブックを拡げた。せめて明るい電球を買って色の違いがわかるようにしよう。ダマオの顔の蜘蛛の巣の皺はなかなか表情を捉えている。彼は天井に届く高い声で歌い、歌の文句を喉から絞り出していたから、その英語がギターの弦音に乗って顔の皺になって表われる。鼻のてっぺんに赤味を差してみる。顔に血が通った。

*

久しぶりに青空が出て、夏の勇ましい雲ではなく、鰯まがいの優しい雲が平筆で掃いたように懸かっていた。野辺は木立のグリーンを描きたくなった。マールトンにマルクスの墓があるというハイゲート墓地へ行くバスの路線を教わって裏の坂道を上がった。ロンドンの秋は肌寒いが、ハンプステッドの駅前からハンプステッドヒースを巡る路線のバスは緑が多く、ふっと郊外の静かな風景になる。黒人の車掌の使い古して角の丸くなった停留所名の発音にひとつひとつ注意を払いながら、林の中にうまく収まったスレート屋根と煉瓦壁の風情を眺めていると、「ハイゲート」の名が聞き取れた。一人でバスのステップを降り、足が固い地面に着くと野辺はほっとした。この世界で大地ほど安心感の持てる場所はない。鳥だって樹の枝に脚を着ければほっとするだろう。電線に肩を並べて一列に留まって一斉に喋っているインコたち、船の帆柱で休んでいる渡り鳥だって。

両腕を肩の上に伸ばして深呼吸すると、野辺は地面に深く枝を垂れた大木の薄葉が光に映えて黄みを帯びている脇道に入って坂を下りた。樹々の密集した公園に沿って歩くと、打ち捨てられた石の門柱が見えた。思い思いに前屈みになった古い墓石の列が見える。門柱の蔭から影が動いたと思うと作業服を着た男が野辺の前に現われた。

「カール・マルクス」と問いかけて野辺の目を見る。管理人らしい。

「イエス」

「爆破したんだ」

「だれが」

「ワーキングクラス」

「労働者が」

グレイの髪の乱れた太った男が腕を上げて道順を示してくれた。野辺は言葉はよく聞き取れなかったが、手の指す方に向かって歩き出した。亡骸が埋まった土の上にも墓の周囲にも若木が好き勝手に生え、伸び放題の雑木林の風情で、これが墓地の自然というものかと思いながら野辺は砂利混じりの土の道を歩いた。イングリッシュガーデンの成れの果て、人間の終末の風情なのだろう。実が落ちて種子から樹々が伸び育つ。植物と動物が勝手に生きていく自然が人間の死後の姿だ。生き残った人間が先に死んだ人間を記念して造った墓石は、生き残った人間も死んで古び傾き、刻んだ文字は黙して盲目となる。鳥は梢で鳴き、栗鼠が枝から枝へ飛び移る。死者は静かに休ましてくれと囁く。

すぐ近くで鳥が鋭い声で囀ったので野辺が顔を上げると、葉の落ちた木立の前方に大きなライオンの頭のような像が高く掲げられてあるのが見えた。マルクスの頭だ。その周りにも灌木の波が寄せて、死者を埋めた土にも実生の若木が生えている。ブロンズのライオンの頭を乗せた大理石の碑には「万国の労働者団結せよ」という文字が刻まれている。その文句が反発を呼んだのか。マルクスの首は密林の奥から吠えるライオン像には見えず、虚像が前方を睨んでいる。石碑の一部が火薬で欠けている。樹林の梢を大きな鳥の影が渡り、白い綿雲がライトブルーの空を静かに撫でている。

絵になる墓石はないかと探しているうちに大きな石のレトリーバーが寝そべっている家形の墓を見つけた。野辺はかたわらの枯れ草のクッションに腰を下ろし、スケッチブックとパレットを開いた。飼い犬だったのだろう。顎を前脚に乗せて、死んだ主人の横顔を彫った墓石を護って自分も墓石になった。凹んだ眼窩、後脚を少し立てた下腹の影が石の命を宿している。野辺は画用紙の犬の腹を筆で撫でた。枯葉の含んだ太陽の余熱で尻が温もってくる。その温もりは土の中から伝わってくるようでもあり、これは死体熱というものかも知れないと野辺は思った。火葬された乾いた墓地では感じることのないものだ。亡者は土となり、エネルギーの源となって木の根に吸い上げられ、生きている。墓地の土を踏むと靴の底を柔らかく温かく持ち上げる反応がある。フランス人が静物のことを死んだ自然《ナチュール・モルト》と言うのはこのことかも知れない。死んでいるが生きている。死んで仏になるというよりも、土になってなおも生き続ける。

三時を過ぎると樹々の梢の葉が茜色に染まって、古石の並ぶ墓地の空気は急に冷えてきた。鳥のはばたく音とつんざく声が木立を裂いた。野辺の尻の下の枯葉からも湿った冷気が昇って、死者も夜は眠るらしい。人気のないことが爽やかであるよりも淋しくなり、枯木が古人形に見えてきて、野辺はそそくさとスケッチブックを閉じ、画材をバッグに仕舞った。立ち上がると膝がよろけた。だれもいない石門柱の間を抜けて墓地の外へ出ると、野辺は生者の世界に戻ってほっとした。坂を上ってバス通りに出、鉄柱一本のバス停の脇に一人で立って、いつ来るとも知れぬバスを待った。遠くの家々の窓はまだ明かりが灯ってなく、煉瓦壁の暗い穴だった。赤い二階建てバスはなかなか来ない。野辺はブルゾンの襟を立て、自分が何者に見えるだろうかと辺りを見回した。

駅前のスーパーで総菜のビーフシチューとパンとスープの缶詰を買って、野辺は西側の急坂を下ると、茜色の夕日はまだ灰色の雲の上に低く懸かっていた。部屋に帰ると、野辺は中心が人形に凹んだマットに使い古しの毛布を掛けたベッドに横になった。背中は墓地の枯葉の床よりは温もりがあった。離れに人気はあるが近くに人のいない空間に独りでいるのは安心の境地なのだ。頼もしいマールトンが廊下の突き当たりの部屋にいて、食堂へ行けば会える。

フロアスタンドの電球を一〇〇ワットに付け替え、野辺はスケッチブックを拡げて見た。墓石なら電灯の下でも色を付けられる。犬の体はそれでも少し茶がかって見える。薄めた茶にちょっぴり赤を差して背と脚の石肌を軽く撫でてみた。温もりが浮かび上がるようだった。鼻の脇の頬にも置いてみた。薄っすら血が通うようだった。

シチューとスープを温めに食堂へ行くと、マールトンも部屋のドアを開けてやってきた。

「カール・マルクスの墓は見つかったか」

「見つかった。ガードマンが教えてくれた」

「爆破されたんだ」

「ワーキングクラスがやったんだとガードマンが言ってた」

「そうだろう」

「墓石に〝万国の労働者団結せよ〟と彫ってあったけど」

「労働者が団結してもどうにもならないとわかったのだ」

「爆破してどうなるのか」

「どうにもならん」

『『資本論』は読んだことないけど、大学で講義を聴いた。資本家は必然的に労働を搾取するというシステムはよくわかった」

「マルクスはブリティッシュ・ミュージアムの図書室で『資本論』を書いたのだ。いつも定まった席にいたからマルクスの座席と言われているのがある」

野辺はマルクスの座席を見に行ってみたくなった。

*

ギリシャ神殿のような壮大な円柱のあるファサードの階段を上がり、野辺は正面を真っ直ぐ進んで奥の扉を開くと、そこは大ドームの下の円形閲覧室だった。あちこちで本を置いたりページを捲る紙のすれる音がテーブルから円周の壁面の書架に反響し、ガラスの天井に昇って行く。書物が囁く言語の気流を感じて、神の赦しを乞う大寺院とは違う、人間の知を究める静粛の重みが大勢の閲覧者の肩に降りていた。野辺は足音を抑えて中央カウンターに行き、若い女性の館員にマルクスの座席はどこかと訊いてみた。目が本の背文字にだけ向いているような女性は横にいる年上の女性に訊いた。女性は首を振って何か小声で言った。

「聞いたことはあるが席番は知りません」若い方の女性が野辺に言った。

野辺は大円周の本棚の書物の壮観に人類を司る巨人の頭の内部を見る思いがした。閲覧者は皆テーブルの自分の本に集中して野辺を振り向く者はいない。ここは書物の墓場ではない。野辺はカードボックスの列に歩み寄り、さてなんの本を検索したものかと考えた。ふとセザンヌの書簡集を読んでみようと思いついた。英訳本のカードを見つけ、番号を請求票に写し、カウンターへ提出して座席番号のプレートを受け取り、その番号の席を探して坐ると、野辺はロンドンの住民になった気がした。蛍光灯のスィッチを入れ、壁の書棚に並ぶ革表紙の本の列を眺め、閲覧者たちの頭脳エネルギーに浸ると、野辺は東京を離れて以来空になったままの脳の襞に血が通い始めるのを感じた。

女性の館員が野辺のテーブルの上に『セザンヌ書簡集』の英訳本を置いて行った。セザンヌが弟子のエミール・ベルナールに宛てた一九〇四年四月の手紙の中で、キュビスムの発端になったという、「風景を円筒と球と円錐によって扱え……」という有名な文句を書いた少しあとの七月に、「オレンジ、林檎、球、頭には頂点があって、それは眼に最も近い」と言う文句があるのだが、その意味が日本語の訳ではどうもはっきりつかめなかった。フランス語の原文で読めばいいのだが、野辺はフランス語は読めないので英訳で読んで確かめたいと思っていた。日焼けして薄くなったページの上の方に割合簡単に見つかった。英単語の並びに眼を凝らすと、「眼は自然と触れ合うことによって鍛えられる」とある。「見つめ合うことで眼は同心的になる」とは焦点が合うということだろうか。「光と影、色彩感覚のひどい効果がある」とは、光が干渉し合うということだろうか。自然の光や影、それが着色するのをそのまま絵具でカンバスに移して描くというのではなく、その自然の色彩効果を排除して、まなざしが自然に触れて感受した自然のもとの色ということか。自然のもとの色とは何か。曇った日に自然が内から発する色だろうか。「物体《オブジェ》の縁はわが地平に置かれた中心に向かって遠ざかる」という二行はやっぱり分からない。

野辺は英文の手紙の一ページをスケッチブックの表紙の裏に4B鉛筆で書き写し、本と座席プレートをカウンターに返しに行った。ロンドンへ来て初めて勉強した気分になり、野辺は本のページに頭を垂れたままの閲覧者の脇をすり抜けて大扉を開き、明るい西日の中へ入ると、文字から解放されて石の柱廊と黒い鉄柵とプラタナスの茶緑の葉叢に目を癒した。

マンションに帰るとマールトンは部屋着姿で食堂のテレビを観ていた。

「マルクスの座席を見に行ったけど図書館員は知らなかったですよ。すごい大閲覧室ですね。感動しました」

「アハハ、あそこはイギリス人の知性の象徴だ。パリがノートルダム寺院なら、ロンドンはブリティッシュ・ミュージアムだ。ウェストミンスター寺院ではなくてね。そこでマルクスが『資本論』を書いたというのは歴史の一ページだ」

「たしかにアイロニカルだ。必然かもしれないが」

朝、野辺はパンとチーズを食べて紅茶を飲むと、表通りの向かいのスタンドへ『ガーディアン』を買いに行った。政治のページをとばして映画欄を眺めていると、フェデリコ・フェリーニの字が目についた。ピカデリーサーカスの先のレスタースクエアにあるのを確かめ、イギリスの映画館へ行ってみることにした。フェリーニなら字幕がなくてもストーリーはわかるだろう。マンションより少し坂を下った停留所で中心街行きの赤いバスを待って乗った。オックスフォード・サーカス通りからリージェント通りに曲がったところで車掌が突然、なんとかオンリーと叫び、バスが止まると乗客は次々降り始めた。

野辺が「ピカデリーサーカスは行かないのか」と訊いても車掌には通じない。「ピカデリーサーカス」と繰り替えしても車掌はきょとんとしている。野辺はあきらめて皆の後からバスを降りて歩いた。

レスタースクエアの映画館は劇場のような雰囲気で、野辺は若者の間の良い席に座れてパンフレットを眺めた。「世にも怪奇な物語——悪魔の首飾り、恐怖の手毬少女」といったタイトルで、原作はエドガー・アラン・ポー。三部作のオムニバス系のホラー映画だったが、最後のフェリーニの短編は怖かった。アル中で落ち目の元名俳優は切れ味鋭い白顔の美男だが、新車のフェラーリを報酬に映画出演の話が入る。客の前で自信なげに挨拶し、告白し、膝をついた後、男はフェラーリをぶっ飛ばし、市街を抜けて郊外へ出る。道に迷い、交通止めの障害物をどかして一部崩落した橋の手前まで飛ばすと、前方で金髪の妖しい女の子が白い手毬を突いてにやりと男に媚びている。男はしばらく逡巡したあと、アクセルを一杯踏み込むと、車は橋の縁から川へ転落し、橋の手前に張ってあった鉄線の中央に首を斬られた男の頭が載ったまま血が滴っている。首だけが観客を見ているラストシーンに野辺はゾッとした。怖い短編映画を三本観て野辺は映画館のドアから外へ出た。夕方のレスタースクエアは若い人たちで賑わっていた。


「フェリーニの怖い映画を観ましたよ」夜、野辺がマールトンに報告すると、

「アハハ、エドガー・アラン・ポーか。ポーの小説は好きだ。妻の死体を壁に塗り込める話があったな。壁を叩くと中で猫の鳴き声がする」

「犬は化けないが猫は化けるから」

「猫は頭がいいんだ。人間の心を読む」

「犬は忠実だけど」

「猫は冷たい。人間に近いのだ」

「ハハハ」

マールトンは犬も猫も飼っていない。家族もいないようだが、夜でも夜中でも電話で長話をしているから友人は世界に沢山いるらしい。ドイツ人の美女がキッチンの隣の小さい部屋に泊っているのを見たことがある。野辺は紅茶を飲んで部屋に戻り、窓の正面の丘の家に明かりが灯っているのを眺め、使われなくなった暖炉の前に置いてあるパネルヒーターのスイッチを入れた。麻

の敷物は冬が来ると寒々しい。

＊

寒くなると人の温もりが恋しくなる。野辺は土曜日の午後久しぶりにノンナの家を訪ねた。ドアを開けたノンナはポーチに野辺の顔を見ると太い腕で野辺の首に抱きつき、ざらついた頬を野辺の冷たい頬に擦り寄せた。こんな愛想のない男でも相手が喜んでいると思うと野辺の冷たい頬も温もった。ダマオとイタリア人の工芸職人とその妻と幼い娘のフランチェスカ、黒い服を着たブラジル人の女性が来ていた。ダマオはもう部屋の隅でギターを弾いて歌っていた。ダマオの英語は枝がつながったり折れたりするが、単語は聞き取れる。スワヒリ語を覚えたためか、それともインド英語のせいか。

「今歌っていたのはなんの曲ですか」

「眠りの歌。僕の作った歌」

「オー、あなたはシンガー・ソングライターですか」

「ノーノー、遊び《プレイ》です」

「今の歌の文句、ゆっくり聞かせて下さい」

ダマオはギターを抱えたままゆっくり言葉を紡ぎ始めた。

「労苦《レイバー》は人生の海原で始まった
何かが胸につかえて夜通し眠れず
音楽の島でギターを弾く音がして
思案にふける頭も眠りにつき
果てしない砂のように
月の色は変わらず
思い疲れた頭が東から来て
あと数歩でぐったり倒れ
こっそりぼくを見上げ
西へ行けばベッドがあるから
そこで横になれば
いつまでも死なない
夢が見られるさと言った
だから夜が生きているぼくに
そっと毛布をかけ
さあ眠れ

夢を見ろと言わないうちに
ぼくのために仕合せを
祈っておくれ、お休み」
野辺は耳を澄まして言葉を辿り、意味を繋いだ。
「いい歌だ。ぼくも一緒に歌いたい。もう一度弾いてくれませんか」
ダマオはギターを抱え直し、額に三本横皺を捩らせ、頤を上ずらせ、苦しげに、情を込めて歌い始めた。野辺はダマオの声をなぞり、追いつきながら小声で歌った。みんな静かに聴いていた。歌い終わるとみんな手を叩き、ノンナは大げさに「ブラボー」と叫んだ。イタリア人のサルバトーレがスパゲティ・ポモドーロを大鍋に載せて奥から現われるとみんな歓声を上げた。いつも黒服を着ているので喪服のナディとあだ名されたブラジル人の女性が人数分の皿に盛り分けた。ノンナが一番嬉しそうな顔をした。ナディは地下鉄の駅で知らない外国人の男が財布をすられて困っているのを助けてやり、自分の電話番号まで教えて上げたと言ったら、ブラジル領事館の上司にひどく叱られ、絶対そんなことはするな、「良きサマリタン」のマネはするなと諭された話をすると、みんなあきれたり感心したりした。野辺はマールトンの知らない場所で仲間の輪が出来て、やっとロンドンに自分の居場所を見つけた気がした。野辺はスパゲティを食べ終わってマグでティーを飲んでいるダマオの側に行き、姉さんに絵のモデルになってもらえないだろうかと話した。

「マイ・シスター」

ダマオは目を丸くしてじっと野辺の顔を見つめた。ダマオの茶黒い瞳がいいよと言っていた。

「OK、ぼくの部屋で描けばいい」

野辺はダマオの住所をスケッチブックの裏表紙に書いてもらい、訪ねてもよい日と時間を訊いた。


工場のような鉄柱が並び、円蓋が洞窟のように奥へ伸びる暗いパディントン駅の線路口を眺める陸橋をブルゾンの襟を立てて渡り、バスターミナル脇の通路を歩きながら、野辺はいつになく足取りが軽かった。ホームの大時計は九時を指していた。

＊

冬の日射しが温もる土曜日の午後、野辺はダマオの家のある通りを『ロンドンAZ』の地図で調べ、近くのバス停でバスを降り、大きなマンションの並ぶプラタナスの並木道へ入った。ロンドンの市街にわりと近く、十階くらいあるベージュのタイル壁の建物は中流の家庭の住宅かと見えた。道路はやや狭くなり並木もなくなったが、両側の白壁の四階建てのアパートは人気がなかった。目当ての通りの標識が壁に取り付けてあった。ミドルクラスの上の住宅なのだろうか。一階にダマオの家の番号が見つかった。ノックすると待っていたようにすぐドアが内側に開いた。

「ハロー」

ダマオが枯れ草色のセーター姿でにっこり野辺を迎えた。広い部屋の隅の椅子に坐っていたアマラが立ち上がって手を差し出した。野辺は初めて冷たいアマラの手を軽く握った。グレーのTシャツにネービーブルーのカーディガンを着ていた。大きなレザーの肘掛け椅子一脚と、正方形の木のテーブル、木の椅子が三脚、白い壁に雑誌やポスターから切り抜いた風景や人物の色刷り写真を入れた額が横に一列に掛けてあった。野辺は窓から首を出して外を覗いた。下の狭い庭は雑草が生えたままだが、右隣は低木や石を並べて庭らしくしつらえてあった。

「右隣の女が飼っているニシキヘビを夜庭に放していたら、下の女が飼っていた猫が塀を乗り越えて右隣の庭に入ったらしく、ひときわ長い悲鳴を上げたと思ったら止んだんだ。蛇に猫を呑み込まれた下の女が怒って救急車を呼んだんだが、呑み込まれた猫は救えないといって帰ったんだ。女は怒って賠償しろと訴えたんだよ」

ダマオが野辺の肩の後ろで枝を並べるように話してニヤッとした。野辺は右隣の庭を見廻したが、小さな庭の悲劇のニシキヘビは見当たらなかった。

野辺はアマラの椅子を窓の近くへ移し、アマラの横顔をやや窓に向けて坐らせ、窓から入る光でアマラの頬に鼻の影が映る具合を見た。浅黒い額と頬にうっすらファンデーションを塗り、唇に控え目にルージュを引いていた。

「モデルになるのは初めてなの」

アマラは硬い目をしてピンクが浮いた唇の間から白い歯を見せた。

「あなたは綺麗ですよ」

「あたしは有色《カラード》だから」

有色という言葉を聞いて野辺は胸を突かれた。

「二十分経ったら休憩しますから、リラックスして下さい」

野辺はテーブルを抱えてそばに移し、パレットとスケッチブックを拡げ、白い壁に一列に掛けた切り抜き写真の額以外になんの飾りもない広い部屋を背景に、インド人かも知れない控えめな女を描いたら、エキゾチックな雰囲気が出るだろうと、静かに窓を眺めている女の構図を白い紙の上に計った。部屋の隅の椅子でギターを弾き始めたダマオもフレームの端に入れたら面白い。

二人とも独身らしい。ギターが二人を支えているのだろう。アマラの目は隅で野辺を意識しながら窓の光を受けて、弟の部屋で日本人の男に顔を描かれる自分を考えている。野辺はロンドンで初めてまだ若いと言える女の顔を描く。街でたくさん女の顔を見たが、野辺の目を見つめる女はいなかった。

女の顔の、色は濃いが染みのない滑らかな肌、黒いようだが茶を含んだ髪、鼻と上唇の先端の間のくっきりした窪み、目立たぬほどに赤味を含んだ唇の小皺を野辺は目に留めた。いくつなのか。額の生え際に乱れた細毛が数本肌に張り付いて符号に見える。

野辺は画用紙に鉛筆で線を入れながら、中指の腹で女の鼻の脇、唇の上の柔らかい皮膚を触わる。二十分経ってアマラに休憩しましょうと言うと、アマラは嬉しそうに立ち上がってダマオの隣へ行った。野辺は薄いベージュに赤をほんのり足して皮膚の下塗りをした後、少しずつ茶を足して肌の色を濃くしていった。

アマラの顔は椅子の上から画用紙の上に移り、頬を色付けているうちに、紙の上の絵具が女の肌になろうとしているのに気が付いた。野辺は思わずギターを弾くダマオのそばに座っているアマラの顔を振り返ってその頬を見た。ダマオは通信公社に勤め、アマラは公務員だと言っていた。自分は今どこにも属さないでインド人らしい女の顔を描いている。

ダマオが紅茶を入れたマグを持ってきてくれた。アマラが椅子に戻り、アマラのTシャツの胸元がもう少し広く、小さな胸の膨らみの縁が見えるくらい開いているといいのにと野辺は顎の下から喉に移る影の取り方に苦労しながら思った。ノンナの部屋のアマラの方がずっと生き生きしていた。気持のやり取りがあった。何か話しかけたいが、家族のことも仕事のことも話したくないかも知れない。白目に茶を溶かした黒目を小筆の先で入れると、紙の女がふっと野辺を見た。黒目の中心に白い光点を残すと視線が灯った。無言で坐っているアマラはときに目の端で野辺の顔を見る。ダマオは部屋の隅で子守唄を弾いている。日が西へ傾くにつれて、アマラの鼻の影がぼやけて頬に広がり、額も半分曇った。

「アマラさん」

「イエス」アマラの顔に急に生気が戻った。

「少し向きを変えませんか」

「こうですか」

アマラはいくぶん野辺の方に顔を向けた。夕日の当たる頬が温りを帯びて膨らんでいる。喉の下のわずかに見える肌を野辺は念入りに筆で撫でる。

日が傾いて、アマラのほっそりした浅黒い輪郭が部屋に淀む影に溶けていくようだった。


野辺はスケッチブックを抱え、ブルゾンの襟を立てて日の落ちた並木道を大股で表通りに向かって歩いた。まだ四時過ぎだった。

マンションに帰ってほっと鍵を回し、野辺がドアを開けると、脇の靴置き棚の上部に白い封筒が一通立て掛けてあった。顔を近付けると、Ａｓａｏ Ｎｏｂｅとローマ字が読めた。見覚えのある筆跡で、妻の葉子の手紙とわかった。初めての手紙で、不吉な予感がした。妻の見えない手が長い蜘蛛糸を東京からイギリスまで伸ばして、野辺の足を絡め取りに来たと感じた。暖かい玄関ホールの電話台にはいつもの電気スタンドが点いて、食堂の開いたままのドアからは明かりが射し、葉巻の香が漂ってマールトンの気配があったが、野辺は見えない糸に絡まれ、重い足で敷物を押さえて歩き、自分の暗い部屋に入って、フロアスタンドのスイッチを入れた。机の上に散らかった画材やノートやペンを押しやり、冷たい木の椅子に座って封を切った。

「食べる物を食べて絵を描いていますか。母が死にました。全部済んだから帰らなくていいです。ご心配なく。良い絵を描いて下さい」と書いてあった。

頭に大きな重しを乗せられた野辺は立ち上がろうとしてよろけ、窓枠に手を突いた。正面の暗い木立の家に灯った小さな明かりを見つめた。肝臓を病んでいた妻の母親の人生と、先立った夫と、親戚の顔を思い浮かべた。旅費の一部にと餞別をくれた義母の死に顔と、野辺のいない通夜と葬儀、妻が一人で挨拶する場面を思い浮かべた。帰るべきだったのだろうが、野辺は毎日街を歩き、スケッチをし、夜は机の上で色を塗っていた。残り金をはたけば帰りの飛行機のチケットは買えただろうが、もう一度ロンドンに戻る金は作れないだろう。

その夜は絵を描く気がしなかった。食堂でマールトンと話す気もしなかった。アマラをモデルにして、ロンドンで初めて画家らしい制作になったと思ったのだ。西の日が傾き、隅に影が漂い始めた静かな部屋で、ダマオは自作の子守唄を弾き、アマラは影のようにじっと野辺の脇を見つめたのに、その顔も胸もともに消えてしまった。野辺は真ん中に人形の窪みのついたマットレスに倒れ込んだ。中庭に向いた高い窓からわずかに見える暗い夜空には星もなかった。

＊

明け方、野辺は恐ろしい夢を見た。寝間着姿の野辺の父親が日本刀で妻を殺し、刃から血の滴る刀を下げて家の縁側に立ち、野辺の母親は白っぽい寝間着を血に染めてくずおれていた。この理不尽な夢の業苦から必死に逃れようと、野辺は眼の筋肉に力を込めたが眼窩に張り付いた目蓋を開くことは出来ず、胸にのしかかる重しを除けようと息を吸って肋骨を広げると、わずかに目が開き、両腕が自分の胸をしっかり押さえているのがわかった。今まで野辺の胸に乗って押さえ込んでいたらしい女の小悪魔がニヤリと笑みを浮かべ、ゆっくり天井に浮かび上がり、裸とも薄衣姿ともつかぬ猫ほどの体がすっと高窓のガラスを抜けて明けやらぬ灰色の空に昇って行った。野辺はその姿影を目蓋の裏ではなく、目蓋を開いた先の天井と高窓のガラスの向こうにはっきりと見た。

幽霊はいる。叫ぼうとしても声が出ず、野辺は少女のにたり顔と柔らかい手足の消えていった空を茫と見つめた。向かいの屋上のわずかな空には夜明けの兆しが滲んでいた。なんだ、父親も母親ももう死んでいるのに、なぜ父親は母親を殺し、その場をロンドンまで見せに来たのだ。野辺は全身汗びっしょりになってマットレスの人形の窪みに嵌まったまま身を引き離すことができず、小娘がガラス越しに空へ昇って行った高窓は夢か、うつつの寝室の窓なのか定めがつかず、このマンションに棲む幽霊の仕業か、天井の白い染みを見つめた。

灰色の空は白んできたが朝の光はまだ射してこない。野辺はマットレスの穴から抜け出して顔を洗いに行き、食堂でパンにジャムを塗って紅茶を飲みながら、中庭の窓から向かいの棟の一階下のキッチンに筋肉のしまった黒い脚が立っているのを見た。若い娘のようにすっきりしていた。

マールトンが赤茶の部屋着姿で入って来た。顔が赤らんで、額に細い皺が三本見えた。

「おはよう、曇天続きだな。これがイギリスの冬空だ」少し言葉が吃った。

「明け方怖い夢を見たんです。このマンションには幽霊は出ますか」

「ゆうれい。見たことないね。この建物はエドワード王朝の建築で、均斉の取れたデザインが特徴だ。幽霊なんか聞いたことないよ」

「イギリスの古い館にはよくゴーストが出ると言うから」

「ハハハ、出たら面白いよ。格闘してみたいもんだ」

マールトンがボクシングの構えをしてみせた。

「ぼくの父親が母親を殺して、血だらけの日本刀を下げて庭に面した廊下に立っていたんです。怖くて必死で目を開いたら、ぼくの胸の上に乗って圧さえつけていたらしい小悪魔の女の子がにやっとして、すっと天井に浮かんで高い窓ガラスを抜けてグレーの空に消えて行ったんです。窓のサッシも暗いカーテンも向いの屋上もはっきり見えたから、その薄衣を着た妖しい人形のような女の子をこの目で見たのは間違いないんだ」

マールトンは野辺が必死でことばを探してつなぐのを神妙な顔付きで聞いていた。額の皺が三本深く捩じれるのが見えた。

「すごいものを見たな。それは面白い。丘の上にジクムント・フロイトの住んでいた家がある。博物館になっているからチケットを買えば見学できる。行ってみたら何かヒントになるかも知れない」

野辺は食べかけのパンの耳を噛み、冷えたアールグレーをマグから一口飲んだ。身体がぞくっとした。

*

冬のロンドンは三時に日が暮れる。寒いのに出掛けてもすぐ日が傾くので、野辺はスーパーにスープと総菜とパンを買いに出る以外は部屋で制作に専念することにした。

東京から持って来たハーフヌードの絵を三枚机の上に並べてみた。ロンドンの街でイギリス人や国籍のわからない外国人の女を見ていると、野辺は日本で西洋の女を写真や映画で見ていたときよりも、日本の女の方が身体が締まっていることに気が付いた。イギリスの女は背が高く怒り肩で、着る服も長く、案山子とは言わないが、デパートのショウウィンドウから出て来たマネキンのようで、長い脚で道を行進するように歩く。ちょぼちょぼと小股で危なげに歩く日本の女と違い、男も女も野生動物のように勇ましく、堂々と進む。内股で少し湾曲した脚で立ったり歩いたりする日本女性の方が粋でないようだが、じつは色気があることに気が付いた。歩くつもりなのか、座りたいのか、自信なげに歩く姿が手を差し伸べたくなるように見える。日本人の女の裸婦像は木彫でもブロンズでも脚が短いので安定感はあるが、飛び立つようには見えない。だから立像よりは座るか、しなだれている方が絵になると野辺は思っていた。

野辺の行きつけの飲み屋の三十過ぎの女を口説いて描いた、半裸で寝ている女をあらためて眺めた。京都の女だと言ったがジーパンが似合った。おちょぼ口だが、両腕を拡げて栗色に染めた長い髪の下に差し込み、紫の花柄のブラジャーを半分無造作に剝いで、肉色の乳首と臍はやや影になり、捲り下げたジーパンの縁で恥毛が縮れている。

観光の町というよりもビジネスの街のロンドンを歩いていると野辺は干涸びてきた。東京で途中まで描いてあったグァッシュの女を見直すと、腰の辺りがうごめいた。だが東京の絵の女は今見ると版画のように枠に収まっている。伝統美が表に出ている。服を着ていた身体を剝き出させているが、そのまま絵の額縁に入っている。そこから食み出るものがない。古い西洋の建築物の街に住んで、野辺は身体の置き場所が定まっていなかった。

肌でなくもっと肉に近付いてみよう。イギリス人が服を着ていても身体が透けて見えるように、色を付けてみよう。野辺は特製の越前紙に線を引かずいきなり肉肌の色を乗せた。人体に輪郭線はない。肉の肌があるだけだ。触ると反動が指に伝わるように、唇を厚く、瞳をこちらに向け、肌が匂い、口が呟き、目が眼差しになるように。絵具は紙が呼吸する漉き目を塞いで厚い色面を作るが、別の色を添えると仄かに顔色が変わり、その瞬間に、溜息を漏らす。野辺は夢魔も訃報も忘れて、色の出具合に目を澄まし、紙が絵肌に変じる瞬間を待った。女の肌の色合を数枚描いて野辺は筆を洗った。

＊

マンションの筋向かいに場末のパブがあって、その辺りの唯一の飲み屋だったので野辺はときにビターを飲みに行った。何かの建物を改造したパブらしくない店で、近くの住民や店で働く男たちが話し相手を求めて集まって来る。女気はない。知り合いはいないが、独りで飲む野辺を気にする者はいない。夏の間は店の中や外のテーブルの空のジョッキを集め、両手の指に十本も摑んでカウンターまで運び、一パイントのビターをバーテンに恵んでもらうジョーという小柄な初老の男がいた。しばらく姿が見えなかったので、野辺は隣の席の常連の男に訊いてみた。

「ジョーはどうしてる」

「ジョーは生きてる。他の店にいる」男は滑らかな舌で教えてくれた。

クリスマスが近づいて久しぶりにジョーの姿を見た。相変わらず空のジョッキを集めてカウンターへ運び、バーテンに断られてもう一回運び、ビターの大ジョッキをもらって野辺のテーブルの向かいに坐った。野辺の顔を覚えてくれている唯一の客だ。

「やあ、元気かい」

「げんきとも」

「仕事はどうかね」

「冬場は日が短いからあんまり働けねえ」

「なにをやってるんだ」

「植木屋だ」唇がビールに浮いているような喋り方をする。「枝の剪定の仕方を教えてやろうか」

野辺はスケッチブックの裏を見せて４Ｂの鉛筆を貸してやった。ジョーはページの隅に一本の木の幹とそこから伸びた数本の太い枝と、さらにそこから出た細い枝を数本か描き、細い枝を一本残してそこから先の枝を鉛筆の線でなん本か切った。

「細い枝を一本残してその先に延びた太い枝の先を切るんだ」

「なるほど」

ジョーは空ジョッキ集めの呑ん兵衛から急に真面目な教師のような顔付きになった。

「わかった」野辺はスケッチブックを取り上げ、「あなたの顔をスケッチさせてくれないか」と頼んだ。

ジョーはびっくりし、照れ顔になり、その気になり、汚れたＴシャツの胸を張り、顎を引いて両目を真っ直ぐ野辺の目に向けた。

「そんなに硬くならなくていいんだ。リラックスしてビールを飲んで」

野辺はスケッチブックの白いページを開いて、４Ｂ鉛筆でジョーの白髪混じりの乱れた髪と目鼻、口、顎の線をざっと入れて影をつけた。酔ってはいるがひとりで生きている力があった。

「こんな風に飲んだくれてるのを、ティドリ・ピドリンていうんだ」

「ティドリ・ピドリン」

「アハハ、あんたにいいものを見せて上げるよ」

ジョーは立ち上がると、野辺を招いて店の奥へどんどん歩いて行き、カウンターの脇の汚れた壁の上の方に貼ってある古いポスターに短い指を向けた。黒い服を着た可愛い尼僧がスカートをちょっとつまみ上げ、膝の上の白い腿をちらりと見せていた。

「アハハ」

野辺が笑ってウィンクするとジョーは満足してもとの席に戻った。なんの広告だったのか。イギリス人の労働者に俗語を教わって野辺は元気をもらった。絵よりも生の人間の方がリアルな力がある。

「ティドリ・ピドリン」

*

クリスマスイヴに野辺はマールトンとお茶をしようと思いついてケーキを買いに表へ出た。茜色の空に三日月が小さく止っていた。パブの向かい辺りに差しかかると、ジョーが大通りの車の合間を縫って渡って来た。

「ハロー」

「元気かい」

「オーライト。だが金が一ペニーもない。金を少し貸してくれないか」

野辺はクリスマスなので少し気前よく、小銭入れから大きな銀貨を一枚取り出して与えてやった。ジョーは掌に受け取った一枚の銀貨をしばらく眺め、野辺の顔を真っ直ぐ見て、

「ゴッド・ブレスユー」と厳かに礼を言い、「あなたはどこに住んでるのか」と訊いた。

「あそこのアパートだ」野辺は振り返ってエドワード王朝時代の建物を指した。

ジョーは急に泣きべそをかいたような小さな声になり、

「あそこへおれを入れて、コーヒーを一杯飲ましてくれないか」と嘆願した。

「それはできない。自分は部屋を借りてるだけだから。あそこはオーナーがいるんだ」

「コーヒー一杯でいいんだ」

「そういうわけにはいかないんだ。悪いけど」

野辺はジョーの願いを叶えてやりたいと思ったが、マールトンがきっぱり断ることはわかっていた。

ジョーは首を窄めて坂を上って行った。

野辺はケーキ屋でチョコレートケーキを二つ買い、地下鉄の駅の脇で夕刊を買った。イギリス社会は騒乱含みで人の歩みは忙しくなっている。朝の通勤時間に地下鉄の長いエスカレーターを

昇り切った改札階で、上がってくる通勤者の流れを遮り、いつまでも抱き合っている中年の男女の光景などは見られなくなった。炭坑労働者が竪坑から地上に戻り、共同浴場で全身真っ黒の煤を洗い落とす二十分の入浴時間を労働時間に入れるか否かでストライキが決行され、火力発電所のストライキとも重なって、銀行はカウンターの蠟燭の明かりで営業していた。労働党党首が自分の出身地ではないヨーク訛りを真似て下唇を捻って演説し、保守党党首はわずかな賃上げを約束していた。総選挙の候補者の宣伝カーはなく、ただ人の行き交いが忙しくなり、新聞紙が路上に散らばり、北の都市ではアイルランド共和国軍が爆弾を破裂させた。トイレットペーパーがなくなり、仕事にあぶれた人が増えた。

ケーキとトルココーヒーでマールトンとクリスマスイヴを祝った。

「イギリスの選挙はさすが民主主義の国だけあって静かなものですね」

「ニュースでは盛んに対談やインタヴューをやってるだろう」

「イギリスも石炭はいずれなくなる。天然ガスもあまりないみたいだし、北海油田だけが頼りでは大変だな。日本は北海油田はないからもっと大変だが」

「ヨーロッパはダメだ。北海油田だっていつまでもあるわけじゃない。アラビア半島は豊富だ。ぼくはディヴェロパーをしていたとき、オマーンのプリンスと馬を走らせ、オマーンの油田探しをしたが、自分がここだといった場所を掘ったらオイルが出た」

「大手柄でしたね」

「エジプトのカイロにもいたことがある。いい日本人のビジネスマンがいた。自分のアパートに娼婦を集めて、カレーライスを作ってみんなに食べさせていた。スペインもいいが、エジプトの影は濃い。何千年という歴史があるからな。エジプトの石はヨーロッパの石とは違う。イギリスの石は太陽から遠いから影も薄いのさ。ハハハ」

マールトンはエジプトの話になると急に元気になり、顔は赤らんでいるが、ことばは吃《ども》らずに弾んで出る。イギリスの冬の湿気が神経を鈍らせるのかもしれない。野辺はジョーの話をするのを止めた。

クリスマスも正月もなく、マールトンは政治も経済もバッドだと言い続け、トイレットペーパーが欠乏するのを気にしながらトイレットを使い、野辺はマールトンが絵を見せてくれというのを断り、東の窓からの光が午後の三時になると乏しくなるのを追いかけるように机を窓際に寄せ、ジョーの萎びた顔の肌に色を付け、東の丘の住宅を囲む木立の枯れた風景をフロアスタンドの下で浮かび上がらせようと絵具を溶いた。

＊

珍しく晴れてライトブルーの空が窓の上方に見えた。野辺は思い立ってフロイトの家を探しに出掛けた。古本屋、骨董屋、画材屋、小さなスーパー、フィッシュアンドチップスの店などがある丘の上の町に向かう上り坂から近いらしいが、途中で曲がる道がなく、一旦表通りを地下鉄の駅まで下り、銀行の脇の細い通路を登るとやや広い道に出た。それを真っ直ぐ進むと、冬でも鮮やかな新緑の葉に陽光を透過させてまぶしい大木に囲まれた屋敷が並ぶ静かな一画があった。人通りはなく、赤土色の煉瓦壁に白い窓の並ぶ優雅な三階建ての館があって、門柱に「フロイト博物館」とあり、脇に水曜日開館と書いた掲示板が立っていた。人気がないのを幸いに、野辺は久しぶりにスケッチをする気になり、向かいの屋敷の鉄柵の台石に腰を下ろした。パレットと筆と水をバッグから取り出し、空いたバッグを尻の下に入れた。

煉瓦壁と三階の浅緑の屋根には白い窓が左右に並んで、正面のポーチには半円形の屋根が懸かって、開放感があるようで、奥に秘めたものを隠しているように見える。流れる白い雲は形を変えるが、家は目をつむっている。煉瓦壁に色を付け、白い窓枠と桟を残してガラス戸の中のカーテンに淡いブルーを掛けた。尻が石の上で痛くなり、野辺は気が滅入ってきたので筆を洗い、パレットを閉じた。

翌週の水曜日は雲り空だったが野辺はもう一度フロイト博物館を、今度は絵の道具を持たずに訪ねた。チケットを買って二階へ通じる階段を登ると、踊り段の隅に患者が幼少の頃見たという夢を自分で描いた絵のコピーが、額に入れて画架に載せてあった。太い樹の幹から左右に伸びた枝には葉がついてなく、輪郭だけ描いた猫みたいな恰好の狐が五匹乗ってこちらを向いている。

二階は精神分析の部屋で、窓はカーテンを閉じて薄暗く、患者が横になった有名な寝椅子はダークブラウンとブラウンレッドの幾何学模様の重い絨毯に覆われ、その頭のところにフロイトが坐って患者の告白を聞いたという、モスグリーンのビロードの肘掛け椅子が置いてあった。暖炉棚にはエジプトやアジアの神の石像がたくさん並んでいた。女性の患者がこの寝椅子に横たわって、記憶に埋もれていた昔の心の葛藤を長ながと話すのを聞いて分析したフロイトの意識の名残りが、今も部屋中に充満しているようだった。ペルシャ絨毯を敷き詰めたフロアに立っていると、野辺は自分の隠れた心理を分析されるようで気分が悪くなり、足音を忍ばせて部屋の外に出た。恐ろしい部屋だ。この家の周囲が妙に人気がないのは、この家の辛気が漏れてくるのを人が避けているのかもしれない。玄関ホールの窓から芝生の緑を見ると野辺はほっとした。門の外へ出ると楽園に戻った気がして、大樹の気を胸深く吸い込んだ。悩める人にとっては救いの館だったのかも知れないが、人が普通に往来する通りこそ正常な空間なのだ。

夜、野辺がフロイトの博物館へ行ったら頭がおかしくなった話をすると、マールトンは大笑いした。

「あそこはおかしな所だ。長居しない方がいい。アサオの心理の底にある秘密が喚び起こされたんじゃないか。なにか怖い夢を見たといってただろう」

野辺は一瞬眉をひそめ、怖い夢の場面が脳を横切るのを急いで打ち消した。

「頭に毒が回ったような気がしましたよ」

「そうだろう。あの家はフロイトの娘が住んでいたのだ。フロイトはあそこの二階で上流のレディーたちのヒステリー症状の分析をしてたんだ」

「ぼくもフロイトの亡霊に分析されかかったわけか」

「そうだな。なにか幼少の頃の隠れたエロチックな経験があるんじゃないか。ハハハ」

マールトンはからかうような目付きで野辺を見て笑った。

「狐の絵が飾ってあったよ。枯木の枝に五匹、猫みたいな狐が坐ってた」

「あれは狼だ。狼男が幼い頃見た夢を自分で描いたものだ」

「狼男。狼に育てられた子供のこと」

「ノー、狼の夢で有名になってフロイトが名付けたのだ」

「狼は何を意味してるんです」

「四歳のときに両親がセックスしているところを見たというのだ」

「狼みたいにセックスしたというの」

「後ろから犬みたいに、アハハ」

「どうして五匹もいるんです」

「それはいろんな説があるんだ。その男が姉さんに子供の頃ペニスを触られたというんだ」

「変な絵だった。狼がみんなこっちを向いてた」

「その視線が問題なんだ。窓を開けたら狼がこっちを向いていたというのさ」

野辺は部屋に戻って、東の窓からフロイトの家がある辺りの丘の木立に目を凝らしたが、それらしい明かりが灯いた家の形は見えなかった。野辺は机にスケッチブックを開いて描きかけのフロイトの家を見た。いろんな患者の長年隠蔽された心理が錯綜した家だ。野辺は両親が性交する場面など見たことがなかった。母親の腹が大きくなっても、そこに赤ん坊が入っていることはわかっていたが、どうして子供が出来たのかは考えたこともなかった。もしそんな場面を見たら、子供の世界観がすっかり変わったかもしれない。見ることは恐ろしいことがある。想像ではなく事実だから。


野辺は少年の頃、近くに逃げ出す野山はなかったから、横須賀線に乗って鎌倉の海を見に行ったことを思い出した。トンネルを抜け、切り通しを越えると前方に海が見える。そこに自由があった。海の白波が長い砂浜を次々と洗いながら引いては繰り返す動きを眺めた。日が暮れて海岸通りを駅に向かって歩くと、白い獣の群れが沖からつぎつぎと猛り押し寄せてきた。少年の野辺の胸はわけ知らず騒いだ。

遠い昔の風景を思い出しているうちに、野辺はフロイトの性的な秘密の染み込んだ家の絵を仕上げる気がしなくなった。丘の中の木立の家の明かりはみな消えていた。

＊

ロンドンにいればテムズ川を描かない手はない。一番近い橋はチャリングクロスから南に向かう鉄道の鉄橋に沿って懸けられた鉄道保線用の歩道橋なので、野辺は地下鉄でチャリングクロスまで行き、地上に出て、レストランやパブの並ぶ坂を下り、鉄道のガード下を抜けてサヴォイホテルの庭の脇をテムズ川の堤に向かい、石段を上がり、さらに鉄橋に向かう狭い階段を上がって線路脇の古い工事用の通路のような橋に出る。ダイナミックな川の景観が見られる地点に、こんな粗末な危なっかしい歩道橋しかないところがロンドンらしく、ビジネスの町ロンドンの魅力だ。南岸の劇場やコンサートホール、ギャラリーに行く人は、ちょうど南から列車がゆっくり到着し、ディーゼルエンジンの車両の窓に、壮大な川の眺めに感嘆する乗客の顔が間近に見える。あちらは長旅の疲れと安堵と興奮の目を外に向け、こちらの粗末な橋に鉄の箱がエネルギーに引かれて交叉する至近の遭遇に、映画のスクリーンでは経験できない意外性に驚き、テムズ川を撫で上る寒風に縮んだ首筋をほぐされる。足下を土色の川水が轟々と流れ、列車はコツコツと鉄路を踏む音を立てて進む。モネはこの橋が気に入って、サヴォイホテルの五階のバルコニーから何枚も描いたというが、モネは二つの橋の構造とテムズ川との対照よりは、朝日が川波に映える光と霧と蒸気機関車の吐く白い煙を描きたかったのだ。を描きたかったのだ。ターナーよりは霧の中にも具象を描いたが、橋の上に立ったのでは足下の鉄の板や隣の鉄路が見えるだけで、霧も煙もあったものではない。野辺は風景らしい風景画を描く気はなかったが、さりとて間近に徐行するディーゼルエンジン車や客車は近すぎる。野辺は狭い橋の上に立ちすくみ、真下の川水、肩先の列車、頭上の天空に囲み込まれた。反響する鉄骨の重い振動は音楽には転化できるだろう。野辺は厚板に靴音を響かせながら歩いた。ターナーは霧中を接近する列車と地響きに驚く野うさぎを丘の上からスケッチした。

野辺は先を行く人の列に付いて対岸へ進んだ。階段を下りると、石畳の踊り段に若い母親が幼児を二人白いシーツに包んで座ってミルクをやり、前に空き缶が一つ置いてあった。野辺はポケットの中をまさぐったが小銭入れを取り出すことはせず石段を下りた。テムズ川の堤から見る北岸は白壁の壮麗な建築の窓のアーチが汽車のターミナルの開口部に並んで威容を誇って見えた。岸辺に停泊している白い遊覧船のレストランが暗い水の流れる底辺に巨大な白鳥のアクセントをつけている。野辺は石の手摺に身体をあずけ、スケッチブックに鉛筆で建物の輪郭と石の窓の暗部と、終着駅の開口部の輪郭線を引いた。ロンドンの景観は大き過ぎてスケッチブックに収まらない。空と建築と川、浮かぶ遊覧船レストラン、はっきり見えるから、霧や煙のモチーフで隠すわけにはいかない。

マフラーを首に巻いてブルゾンの襟を立てても野辺は胸が冷えてきた。首筋から浸みる川の冷気は色に出せるだろうか。前方の黒い窓ガラスに赤を注すと死んだガラスに生気が灯った。石灰岩の壁を画用紙の白地を残して表現するのには抑制がいる。西空の茜色がほんのり白い壁に映るようになって、野辺はやっと紙の白い部分に色付けして夕景に仲間入りさせることが出来た。物干竿のように長い竹馬に乗ったピエロがプラタナスの枯葉を踏んで子供たちを喜ばせていたのが、いつの間にか姿を消して、川堤の遊歩道に灰色の気配が下りてきた。

野辺は道具をバッグに仕舞い、人気の少なくなった石段を上ると、踊り段の二人の子連れの女はまだ白いシーツに子供ごとくるまり、傾いた夕日をじっと見つめていた。足下から吹き上げる川風に追われながら、野辺はチャリングクロス橋をターミナルに向かって急いだ。白い船のレストランのデッキに巡らしたランプに明かりが灯り、サヴォイホテルの窓からシャンデリアの光が見えて、鉄橋の下はもう暮れていた。野辺は空いた腹を満たし、冷えた胸を暖めようとガード下のフィッシュアンドチップスのカウンターに寄り、細長いチップスをたっぷり盛った山にホカホカのタラのフライが横たわっている紙皿を受け取った。プラスチックのフォークで熱々の白身を湯気を上げて頬張る。ここは勤め人のささやかな贅沢の場所。野辺はマスターにビターをハーフパイント注文する。

「ノー」マスターは首を振って、こんなものならあるとノンアルコールの飲み物を差し出す。

野辺は喉の塩気を癒して地下鉄《チューブ》の入口に向かって坂を上った。

ベーカーストリートで乗り換え、長いエスカレーターに乗って改札階に上がると、なにやら忙しい人の動きがある。声は立てず、若者たちが必死で走り廻っている。見ると自動切符販売機の口からガッタガッタと規則的な音を立てて黄色いチケットが連続して吐き出され、石の床に散らばり、若者たちは天から札が降って来たとばかりに両手で受け、ポケットに入れ、駅員は古い木箱片手に駆けつける。

チャップリン映画のワンカット。客は驚き立ち止まり、若者は興奮し、駅員は慌てる。笑うものはなく、とっさに野辺もなにか得することはないかとそわそわする。愛すべき旧式の販売機が故障して癇癪を起こしている。これがイギリスだ。制度が整備されているように見えて落度がある。野辺もプラットホームにあるキャンディーの販売機にコインを落としたら、カシャリとコインの落ちる音だけがして、キャンディーは出てこなかったことがある。野辺は笑いも出ず、その場をしかと目に留めて乗り換えの地下道に向かう。

イギリスはオイルショックと総選挙で苛立っている。ふだんは車で帰宅する紳士が地下鉄の吊り革に摑まり、巨体を擦り合わせながら揺れている。その前の席にハンチングにジャンパー姿の中年の労働者が座っている。その男は若い女性と中年の婦人に挟まれ、ワーキングクラスを代表してアッパークラスの紳士に鬱憤を晴らす又とないチャンスと考えたのか、中年太りのダークスーツの紳士を見上げ、よく通る声でゆっくり喋り始めた。

「あなたはいい身分で、ロンドン市内のいい家に住み、ローバーカーに乗っていい暮らしをしているんでしょう。自分は夜まで働き、給料は遅配で、郊外の狭いアパートに家族五人で住んでいる」

「あんた方が僅かの賃上げ要求でストライキをやるからガソリン不足で高騰、スタンドは行列、電気は止まり、地下鉄も間引きだ。私は十年前の車に乗っている。家が駅から遠いし、家内が腰が痛くて歩けんからね。給料は大したものじゃない。子供が二人、アルバイトしながら大学に行っているのだ」

「自分の子供は大学に行く金はないからスーパーマーケットで働いている。結婚することも出来ないだろう」

「私にも年老いた両親がいて、年金は僅かだから私が給料の中から毎月仕送りしている。政府は北海オイル頼みだが、北海油田がどれだけ産出できるかも分からん」

「それでもあなたはいずれ親の遺産が入るだろう。自分はポーランド移民だからこの身体が全財産でね。あちこち身体にガタがきてるが、ただの病院の予約は一年先でね。あなたは医療保険に入っているだろうが、自分はかつかつの給料だから保険なしだ。あなたは栄養たっぷり、立派なスーツを着ているじゃないか。スコッチ飲んでハバナの葉巻吸ってる身分でしょう」

「なんだと、私の健康問題も知らないで生意気な口利くな」

紳士は突然右手を吊り革から離すと左手に持っていた蝙蝠傘を右手に持ち替え、背筋を伸ばして先の曲がった木の柄を労働者の首に引っ掛け、犬の首輪をリードで引っ張るようなマネをした。

「傘はこういうことに使う道具ではありません」

労働者は泰然として両手で静かに傘の柄を首から外し、落ち着いた仕種でそれを紳士の右手に正しく持たせると、またもとの姿勢に戻って背もたれに背を付けた。紳士は傘を左手に持ち替え、空いた右手を黒いオーバーのポケットに突っ込み、なにかの紙切れを丸め、労働者の顔に投げつけた。紙玉は跳ね返って労働者の左側に坐っている若い女性のグリーンのスカートの膝の上に落ちた。労働者は左手の人差指と親指をのばして、女性のスカートに触れないように紙玉を丁寧に摘まみ上げ、女性の靴にかからないようにそっと床に落とし、また静かに背もたれに背を付けた。

野辺は紳士の手前の乗客越しに一部始終を見届け、イギリスの階級問題と移民問題の現実に目を見張った。写真でもスケッチでもその緊迫の場面は捉えられない。言葉は動きがない。ムービーなら記録は出来るがそこにはレンズはあっても「私の目」はない。周囲の客たちは見て見ない振りをし、耳だけそば立てながらそれぞれ自分の時間の中にいて、地下鉄の振動に身を任せている。野辺はその続きを見られないのを惜しみながら自分の駅で下り、イギリスの現実の凄い場面に遭遇した興奮を胸に抱いて、日の暮れた静かな歩道を歩いた。野辺はいつの間にか英語が相当聞き取れるようになったのに驚いた。二人とも公共の場で人にもわかりやすく喋っていたのかも知れない。場末のデパートの前で手製の踏み台に乗ってヴァイオリンを弾いている初老の男がいる。雨の日も風の日も、昼も夜も、歩道に空き缶を置いて弾いている。

野辺はマールトンに地下鉄の車内の珍事を話した。マールトンは眼を丸くして驚き、喜んだ。

「紳士が蝙蝠傘の柄をワーキングクラスの男の首に引っ掛けたと。見たかったたな」

ハンガリー人のマールトンがイギリス人はワイルドだろうといったのは嘘ではなかった。野辺は部屋に戻ってテーブルの前に坐った。スケッチブックは開かず、向かいの窓から暗く沈んだ丘の木立に明りの灯る館の窓を眺めた。チャリングクロス・ブリッジは色を付ければ柄になるが、地下鉄内のアッパーとローワークラスの対決は絵に描いても言葉が聞こえてこない。ゴッホは独り言、ゴーガンは土地の言葉を語っている。マネの絵は喋っている。やかましい。野辺の頭の中で地下鉄の会話がコメディアンのように喋り続ける。

＊

イギリスの政権が交代し、銀行に明りが灯り、野辺は七色の光の射すフランスの空気を見に行きたくなった。絵描きの仲間も画商の知り合いもなしにイギリスに来た野辺はマールトンしか相談するロンドン人はいなかったから、その後テムズ川やリトル・ヴェニス、パディントン駅など数点の風景を仕上げ、東京から持って来た女のセミヌードや子供、隅田川、上野の五重塔、谷中の家並などを取り出して壁に立てかけ、雲間から日の射す午後にマールトンを部屋に呼んで観てもらった。音楽、芝居、映画、美術にも通じているマールトンの審美眼に期待し、不安の気持ちを隠して部屋の戸口に立った。マールトンはどの絵の前にも立ち止まることなくさっと一巡して、「ふむ、なかなかいい。よく描けてる」と言って、もう一度部屋の中ほどに立って絵をひと渡り観た。赤らんだ額に皺を寄せて、東京で描いた絵を確かめるように一枚一枚じっと観る。マールトンの背が前より屈んでいると野辺は思った。批評をじっと待った。

「これはどこで描いたんだ」ことばがスムーズに出なくなったマールトンが少し吃りながら訊いた。

「東京で描いたものです」

「これは面白い。ロンドンで描いたのよりいい」

野辺はちょっとがっかりしたり、救われた気持ちになったりした。

「だれか買ってくれる人はいるだろうか」

昇の友だちは皆若くて貧しいから、お付き合いにでも買ってくれる人はいないだろう。

「展示会を開いたらどうだ。向かいのカウンシルの美術館に訊いてみたらいい。知っている人はいないが、ここに住んでいる者だと言えば信用してくれるだろう」

野辺はこのマンションの向かいに美術館があるとは知らなかった。煉瓦造りに白い石の窓枠が並ぶ小学校くらいの建物だが、展覧会のポスターも看板も見たことがなかった。

「額縁を買う金がないけど、貸してくれるだろうか」

「前の通りの先にジャンクショップがあるから、安い額があるかもしれない」

マールトンはほかにも数軒リサイクルショップのある所を教えてくれた。野辺はさっそくジャンクショップを廻り始め、傷や擦れのない額を三、四枚ずつ安値で買い集めた。向かいの美術館を訪ねると、大小の部屋にひっそりとインスタレーションがあり、客はほとんどいなかった。実験的な立体やビデオやドローイングがあるが、絵らしいものはあまりなかった。館員らしい女性に貸しギャラリーのことを尋ねると、事務室に来るように言った。ノートを調べて、ギャラリーは一年先まですべて予約済みだと言った。自分の事情と経歴を話すと、しばらく考えて、廊下でよければ一週間貸せるかもしれないが、館長に訊いてみると応じてくれ、「私はアイリーンというの」と言ってにっこりした。売れないアーティストを奨励する町の方針らしく、親切なイギリス人の女性の対応に、野辺は外国へ来て初めて救い主に遭遇した気持になった。

野辺は広いギャラリーの一隅で白壁に投映しているビデオ作品を観た。白いTシャツと青い水泳パンツを穿いた中年の男が大きなバケツを持って暗い海岸で海水を汲み上げ、砂浜を十歩ほど戻って海水を砂の上に空け、また海水を汲みに行く動作を際限なく繰り返していた。数日後再び野辺が事務室を訪れると、アイリーンは館長が廊下なら二週間使っていいと許可してくれたと伝えてにっこりした。ただし館内で絵を売ることは出来ないと念を押した。

野辺は勇んで画材屋へ行ってマット用紙を仕入れ、東京から持参したマット用のカッターを使って絵を額に入れる作業を始めた。古物の額が東京で描いた絵にエキゾチックな時代感を与えるだろう。ロンドンの絵はまだイギリスの時代を身につけていない。

数日後の月曜日の午後、野辺は二十数枚の絵をギャラリーの廊下に運び込み、入口から通じる壁に決めておいた順番で絵を並べ、アイリーンが手際よく水平に張った糸に揃えてフックを取り付け、同じ高さに絵を並べるのを手伝ってくれた。6号のガッシュと透明水彩画は長い廊下の白壁に掛けると、大きな立体作品を展示してあるギャラリーの外側では装飾品のようで慎ましく見えた。これでもイギリス人の絵とは違うものがあるだろう。アイリーンにチップを渡そうとしたが受け取らなかった。買いたい人がいたら最後の日の閉館時に来てくれるように伝えてほしいと言って、野辺は暗くなった表へ出た。

数ヶ月のロンドンの制作がどれほど価値があるのか。野辺は自分の部屋の窓から斜交いに見下ろせる美術館の白い階段を眺めるようになった。人の出入りが気になったのだが、そこを上がる人は滅多になかった。

それから二週間、野辺はときどき美術館の重いドアを押してすぐ前の廊下を見に行ったが、人はいつも少なかった。日曜日の午後、野辺の絵の前に老婦人が二人立って何やら囁いているのを見てほっとした。最後の日曜の夕、額を買ったときの紐を持って片付けに行くと、アイリーンが嬉しそうに現われて、「あなたの絵を買いたいという人が何人かここに来ますよ」と野辺の耳に囁いた。それらしい紳士や婦人がそれとなく野辺の絵の前に立って話していた。

「こちらがこの絵の作者のアサオ・ノベさんです」アイリーンが野辺を紹介した。

皆にっこりと野辺に会釈をし、それぞれ自分の欲しい絵に顔を向けた。アイリーンが希望者の名前と絵をメモしてくれていたので、希望が重複することはないようになっていた。

「このモデルはだれですか」

「これはどこの橋」

「これが五重塔っていうんですか」

見るとみんな東京で描いて来た絵ばかりだった。絵をフックから外し、美術館の外の階段の上で一点ずつ、控え目な金額を受け取り、絵はそのまま箱もなしに渡した。残りを紐でくくり、アイリーンに礼を言ってチョコレートを一箱受け取らせ、向かいのマンションのエレベーターへ運んだ。屋上に半月が懸かっていた。

食堂でマールトンに報告すると、マールトンは成果を祝ってコーヒーを淹れてくれた。

「イギリス人はケチなのに五枚も売れたとは大したことだ。やっぱり東京の絵が気に入ったんだね。珍しいから買って飾りたくなるんだ。ぼくがローマのピアッツア・ポポロのエッチングを壁に懸けるようなもんだ。ロンドンの風景は見飽きてるからね。友だちにも打診してみよう。その玄関ホールに並べておけばみんな見られる」

なるほど、卓上スタンドが一台灯り、葉巻の薫る玄関ホールでは絵がエキゾチックに見えるだろう。野辺は紐をほどいて額を飾り棚、電話機の小卓、靴入れの上板に置き、後は床の壁際に並べた。暗い隅の方が絵が神秘的に見えた。

＊

マールトンは機嫌が良かったが、いくらか腰を屈め、ことばが途切れてすぐに出てこないことがあった。どこか具合が悪いところがあるのか。以前はひとりで鶏肉を焼いたり、大きなボウルで野菜サラダを作ったり、コーンスープを飲んだりしていたが、この頃は大きな紙コップに入ったヨーグルトをスプーンで掬い上げて食事代わりにしている姿を見るようになった。食堂が食器や新聞、パン皿で散らかったままのことがある。心なしか、マールトンが廊下のカーペットを踏む足取りが弱く静かになった。夜勢いよくバスルームで身体を洗い、弾ける水音を深い中庭に響かせて洗い湯を落とす音をあまり聞かなくなった。夜遅く、時には明け方まで大声で電話で話し、笑うことも少なくなった。友人が泊まりにくることも滅多にない。以前はケルンのガールフレンド、スペインのスチュアデス、カリフォルニアの昔の学友が来て滞在したこともあった。

ロンドンで数ヶ月の間に描いた絵は一枚も売れず、東京から持って来た絵のみ五枚売れたのに野辺は複雑な気分になって、数日部屋に閉じ籠った。鉛筆のスケッチを数枚色付けして過ごした。先行き食べていけなくなったら、何をして暮らすか。絵以外に金になる仕事があるだろうか。植木屋のジョーを思い出したが、向かいのパブに行く気がしなかった。ジョーは空のジョッキを集めて運び、ビターをワンパイントもらって飲む。植木屋の仕事はあるのだ。自分は絵を描く以外に手仕事の技術はない。それこそ植木の剪定も出来ない。せいぜい通りの落葉を掃くくらいだ。ミドルクラスの人たちだって、知らない絵描きの絵を買う余裕はないのだ。

雲間から薄日が射す日、野辺は気晴らしにスケッチブックを持ってテムズ川の河口に近いイーストエンドへ行ってみようと思い立った。シティのバンク駅で郊外に向かう線に乗り換え、一つ目の駅で降りてみた。車の来ない道路の脇に汚れたアパートが並び、頭を屈めないと入れない低い入口の中は暗い。移民らしい浅黒い男の子たちが空き缶を蹴って遊んでいる。母親の姿はなく、アパートの壁際にはごみ容器や空き瓶、タイヤのない自転車が見える。バンク駅から十分ほど離れただけの場末の風景に、野辺は映画館から外の街に出たときのように、突然現実の中に立っている自分に還った。そこが自分がもともと住んでいた場所で、しばらく映画の中の人物になり切ったつもりで暮らしていたのだ。

野辺はスケッチブックに手をかけたが、子供たちがよそ者に気が付いて寄ってくるのを恐れて歩き出した。目立たぬように目の奥にアパートの低い屋根と暗い戸口と煤けた煉瓦の壁際のごみ容器を映し込みながら、一棟のアパートの端まで歩いた。四辻の道路標識の手前で立ち止まって振り返ると、アパートはすでに小さく見えて、絵にするには弱かった。大人の姿はないが、だれかが窓の暗い蔭から覗いている気配がした。それは人間の目というよりもアパート自体が野辺を見ている。汚れたアパートの壁と閉じた窓と暗いドアロがじっと野辺を窺っている。野辺はスケッチブックを開いた。

ふと耳元で溜息がして振り向くと、後ろに黒人の女が野辺の目を見詰めている。ドキッとして野辺はとっさに身構え、それからにっこり顔を造る。女も硬い頬の肉を緩める。野辺は女の視線を受け止めながら咄嗟に相手を見定める。黒光りする髪をなん本にも三つ編みにして頭の回りに下げ、鼻の下にまばらに髯が生え、古びているがさっぱりしたブルゾンを着、カーキー色のスカートを穿いて、その下に馬のようにすらりとした長い脚が伸びていた。

「なに描いてるの」

「家を描こうとしてるんです」

「汚い家」と言って女は鼻で笑った。

野辺はことばを選んだ。

「印象的な家」

「貧しい家」

「ぼくをじっと見詰めているので、窓もドアも」

女はことばを探した。

「どこからきたの」

「今はロンドンに住んでるけど、日本から来たの」

「なんでこんな所へ来たの」

こんどは野辺の方がことばを探した。オスカー・ワイルドの小説に出てくる場所はこの辺りかと思って、と言ったところでわからないだろうし、

「イーストエンドへ行ってみたいと思って」

「イ、イ、イ、イ、イーストエンド」女は皮肉を込めて一語ずつ力を入れて発音した。

まずいことを言ってしまった。野辺は唇をつぼめた。

「ロンドンの東側」

「ここはロンドンのはずれよ。中を見たいの」

「いえいえ、町の風景を描きたいと思って」

「ここは町じゃないよ。こんなアパート描いたってなんにもわかんないさ」

女の黒目の両側があまり白くて空の青が映っているようだった。野辺は光る黒目に射竦められて縮み上がり、言い訳のことばを探すのを止め、スケッチブックを閉じて脇に入れた。

「ぼくはノベというんですけど」

「あたしインゲ」

「あなたの顔を描かせてもらえませんか。あなたの編んだ髪がとてもきれいだ」野辺は咄嗟に思いついて反撃に出た。

女はちょっと怯んで、硬い頬をゆるめ、左手でブルゾンの襟をそろえた。

「この辺は坐るところないけど」

「ここでいいんです。このポールの横に、そこに立っててください。十五分だけ」

「OK」

女は十字路のサインのある道路標識の横に立った。アパートをバックにすると逆光になったが、編み毛の縁に光が射し、影の中で女の黒目が大きく開き、瞳の中に西に傾きかけた日に照らされた野辺の顔が小さく映っているのが見えた。

「楽にして、十五分だけそのままぼくの顔を見ていて」

三十半ばか、眉は濃く、鼻は広がって、いくぶん赤みの差した唇は厚いが、少し覗いている大きな歯は白く、顎はしっかり張っている。日影の中で広い頬の肌の毛穴と筋目がくっきりと見える。鼻と口の脇に影がつかないので鉛筆の線で立体感を出すのが難しく、造作の輪郭と顎の線と喉の縦皺をスケッチし、鎖骨の出っ張りを付け、バックに暗いアパートの屋根と窓とドアの位置をざっと付ける。

まだ寒いのにＴシャツと短パンの四人の子供たちが缶蹴りを止め、集まって野辺の背後からスケッチを覗き込む。女はにやりとし、また真面目な顔に戻る。野辺を見る女の目と女を見る野辺の目が女の黒目で合わさる。それを色で表現できたらいいのだが、アパートの窓とドアの目と呼応して視線のモチーフになるかもしれない。野辺は４Ｂで瞼の縁を撫でるのを止めた。

「サンキュウ」野辺がチップを渡そうとすると、

「ノー」とインゲは手を振り、さまにならない野辺のスケッチを覗いて、「ナイス」と言って笑い、子供たちを連れてアパートの方へ歩いて行った。

野辺は高架線を走る地下鉄の窓から西日の当たる古煉瓦のアパートの列を眺めながら、暗いアパートの隠れた目を感じ取ったことにヒントを得たと思った。

夜、野辺がイーストエンドへ行って来た話をするとマールトンはびっくりして、「イギリス人はあっちの方には行かない」と、とぎれとぎれに短く言い、しばらくして思い出したように、「アメリカンカレッジで教えているドブロフスキーがハイゲートの墓の絵を、ブダペスト大学時代のクラスメートのセルビーがインド人の女の絵を買ってくれた」と言って、テレビの前に置いてあった札をそのまま野辺に渡した。美術館の時よりいい金額のようだった。思い掛けないボーナスをもらって、野辺は買って来た缶ビールで乾杯しようとすると、マールトンは今はいいと断った。東京の絵ではなく、ロンドンで時間をかけて描いた二枚が売れたのが野辺には嬉しかった。マールトンのお陰だろう。

＊

野辺は数日、イーストエンドのアパートと子供たちと黒人の女を、煉瓦のアパートの暗い窓とドアを背景にして四枚描き続けた。そこに宿る見えない圧力を描き出したいと思った。

朝、野辺が坂を少し下った小さな店でパンと新聞を買って戻って来ると、マンションのドアから出て来たマールトンが車を避けながら広い通りを渡り、向かいにある小さな鉄道の駅へ、黒いオーバーに身を包み腰を屈め、弱々しい足取りで歩いて行く姿を見た。そこは滅多に列車が通ることのないローカル線で、病院にでも行くのだろうか。線路はそこからトンネルに入り、マールトンのマンションの地下深く通って東部に向かうらしい。毎夜十二時二十分に最終列車がマンションの下方を抜ける籠った音が五階まで響いて、石造りのビルが呼応してしばらく揺れる。表通りの車の音は聞こえないが、深夜の鉄道の呟きが地中から伝わるかすかな鉄輪の響きは、野辺の身体に今ロンドンの土地で生活していることを伝えるのだ。『ロンドンＡＺ』の地図帳で調べると、その鉄道には「ノースロンドン」という名が付いていた。そばで見ているとわからなかったが、表通りを一人歩いて行く姿を見ると、マールトンはいつの間にか弱って見えた。その日の夜は食堂でマールトンに会うことはなかった。野辺の部屋の前にあるトイレに行く足音も聞かなかった。

翌朝窓に朝日が射していたので、野辺は久しぶりに出掛ける気になった。棒パンにブルーベリージャムを塗り、卵の目玉焼きと紅茶で朝食をすますと、ノースロンドン線がテムズ川を越えて終点のリッチモンドに着く手前に、キューガーデンの駅があることが分かり、食パンにハムを挟み、瓶ジュースをバッグに入れ、スケッチブックを持って遠出をすることにした。駅の時刻表を見ると四十分も間があった。マフラーをしっかり首に巻きつけて、向かいのマールトンのマンションのスケッチをすることにした。ドアロが表通りに三つ並び、ライトブラウンのタイル壁が五階あって、左の端から三つ目と四つ目の窓がマールトンの書斎と寝室のはずだ。窓に三角形の飾り庇がある。エドワーディアンのデザインだと聞いた。ヴィクトリアンほど重厚ではないが、当時としてはモダンだったのだろう。野辺は午前の光からはまだ影にある横長の大きなタイル壁に窓を入れたが、目を瞑《つむ》ったままの無表情な壁面だった。

列車が駅を出発して十分もするともうロンドン市街の面影はなくなり、百年以上昔の煉瓦のアパート群、それも疎らになり、古い二軒長屋の郊外住宅、そして田園風景に移っていく。キューガーデンの壮大な温室、パゴダ、宮殿、世界中の花や樹木などよりも、理想郷もかくやと思わせるその美しい下生えに、色とりどりの羽を装った鳥たちが、人に驚くこともなく静かに餌を啄《ついば》んでいるのどかな風情を野辺は好んだ。王女の姿の鳥が細い脚で悠然と下草を歩む情景は、花園と言うよりも楽園だが、それは自然というよりも造られた植物園で、野辺はそれをまた絵に移す気にはなれなかった。気取った植物は人工の風景で自然の姿ではない。絵は人間が作るものだが、ほんとうの自然を追求すれば、絵具も実在のものになるだろう。

日が暮れて、ローカル線がロンドンの場末の駅に着き、階段を昇って改札口を出ると、正面に寂れたエドワーディアンの建物がある。野辺はほっとわが家に戻った安堵を覚えた。日暮れたマンションこそ絵にしてみたい。野辺は信号を待って足早に一番端のドアロを目指して道路を渡った。

五階の分厚いドアの鍵を回して中に入ると、玄関ホールの座卓の明かりは点いたままだったが、マールトンの気配はないようだった。食堂の電灯も点いたままだったが温もりはなかった。珍しく友人と会っているのだろうか。マールトンと一日に一言でも交わさないと淋しいものだ。野辺は絵の収穫がなかったのでマールトンに見せることもなく自分の部屋に入ったが、人気のないマンションの部屋では自分の居場所もなくなるものだと感じ、バスルームへ行ってバスタブの湯の栓を開けた。ここはやはり他人の家なのだ。イーストエンドの絵を床に四枚並べて、アパートの暗いドアロを眺めると、そこにはなにかあるという気配がする。住人がそこから出てくるわけでもなく、奥に娼婦がいるというのでもないが、ただの他人の家ではない。

野辺は部屋着を羽織ってバスルームに入り、ドアの錠を閉め、マールトンの大きな身体も悠々入るバスタブに身を浸し、仰向けになって白い天井を眺めた。足の先が余っていたが、身体に湯を纏うと、キューガーデンから帰る汽車旅が夢のようで、このマンションの五階の奥の部屋が自分の居場所に思えてほっとしたが、それは自分が安心して身を委ねているマールトンが待ってくれているからだったのかもしれない。マールトンはイギリスとヨーロッパの歴史と地図と文化で野辺の頭を満たしてくれていた。ペンキが剝がれてまだらになった天井の下、大き過ぎて足が遊ぶバスタブの湯の中で野辺は目をつむった。マールトンがロンドンの友だちの家に泊まるはずはない。ブダペストに一人で暮らす母親になにかあって、取る物も取り敢えずパスポートを持ってヒースロー空港から飛び立ったのだろうか。ロンドン市内でなにか事故があれば電話くらい懸かってくるだろう。食堂のテーブルにはなんの書き置きもなかった。

翌日もマールトンは帰ってこなかった。主人のいないマンションに一人でいるのは妙に落ち着かない。野辺はスケッチブックを持って外に出た。脚がどこに向くかわからず、宙を歩くように丘の上の駅に向かって坂を上った。身近な友人が一人いるか否かでこんなに拠り所が不安定になるものか。昼間からシネマに入る気もせず、表通りの本屋で新刊書の棚を眺めるのもよそよしかった。石畳の路地にある半地下の古本屋に入り、暗い通路を隅から隅まで本のタイトルを見て回った。グレーの髪の老女が一人カウンターに座って本を読んでいる。水彩画の安い入門書があったので買って、向かいの小さなコーヒー店に入り、ブラックコーヒーを注文した。人物のモチーフのページを開くといきなり女のヌードだった。

窓の外を白いセーターにベージュのスカートの若い女が歩いていく。マンションが一人暮らしになると、野辺はいつの間にか外の若い女に目をとめるようになった。

尻が引き締まって脚が真っ直ぐ伸びる。日本の女より肉の形が運動する線になる。

女の友だちがいればマンションは淋しくないだろう。

野辺はパンとチーズと牛乳を買い、地下鉄に乗るのを止めてまたマンションへ戻った。イーストエンドの黒人女の絵を机に載せ、黒い目とうっすら赤い唇に細筆で色を付け、黒い肌にブルーの影を乗せた。

その夜もマールトンは帰って来なかった。野辺はマンションの間借り人というよりも同居人として、もし大家になにかあったら道義上の責任が生じるのではないかと気が付いた。もし主が病気とか、なにか発作でも起こして部屋で倒れているとか、そのまま死んでいるとか。マールトンが使っている二つの部屋はまったく他人の家だが、その中のことは同居人といえども一切関知しないというわけにはいかないのではないか。そう思うと野辺はなんの音もしないとはいえ、マンションの中で急に薄気味悪いどころか恐くなってきた。部屋の中を調べるべきか。部屋のドアの鍵はお互いに開いたままだが、マールトンの部屋を開けたことは一度もなかった。二つとも表通りに向いた広い部屋で、ドアが開いているときにグランドピアノがちらと見えたことはあるが、彼のベッドも書斎机も見たことはなかった。彼が一週間車でドイツへ旅行した間も、部屋のドアの鍵は開いたままだったと思う。野辺は翌日明るいうちに様子を見ておくべきだと意を決して、まず奥の部屋のドアを少しだけそっと開いて内部を覗いた。壁際にベッドがあって、ベッドカバーが掛かっているのが見えたが、厚みはなかった。その奥の隅は暗いが、床に人が倒れている気配はなかった。手前の部屋もそっと内部を覗くと、窓際の机とその下の絨毯の幾何学模様は見えたが、ピアノの脚の奥になにかあるかは見届けられなかった。

こんな不安な空間では絵も描いていられない。いずれ行きたいと思っていたフランスへの旅行を早めて、しばらくここを留守にできないか。野辺は持ち金に絵を七枚売った代金と、銀行に預けてある金を計算し、最低の旅行費用を考えた。ドーヴァーからフェリーボートでカレーに行き、パリで乗り換えてエクサンプロヴァンスへ直行する。

昇に旅行の最低費用を概算してもらい、なんとか行けそうだとわかると野辺は銀行で金を下ろし、ヴィクトリア駅の外にある案内所でエクサンプロヴァンス迄の往復通し切符を買うと、残り金でホテルと食事代の計算が出来た。翌日野辺はスーツケースに下着と画材と洗面具を詰め、窓のロックとパネルヒーターのスイッチオフ、キッチンのガス栓を確かめ、ドアのキーに紐を付けてズボンのベルトに通し、ドアの錠をかけると、スーツケースを引いてバス停に向かった。半ば気が晴れ、半ば気が重い旅立ちだった。

＊

夕日の射すドーヴァー海峡の白い石灰岩の断崖の風景に野辺は目を吸い付けられた。この勇壮で悲劇的な自然の彫刻を何千人の画家が描いたことだろう。ラウンジの木のベンチは寒く、尻が痛くなった。春先のまだ寒いイギリスからベッドに横たわらずに旅する客には洒落た服装の姿はなかった。

カレーの港に着くと、パリ行きのフランスの列車が待っていた。クッションのある暖かい座席に坐ると野辺は眠りに融け、鉄路を走る振動は夢を寄せつけなかった。日が昇った頃目が醒めて、目蓋の外に焦点を合わせると、樹々の若葉を透かす光の粒子が七色に映えて、大気が虹を含んでいるのが見えて野辺は感嘆した。ああ、これが印象派の画家が見た光なのだ。べつに彼等が見つけたのではなく、フランスに住む人なら見ている春の光なのだ。イギリスの冷たく重い空気の中からやって来るとまず気がつくのはフランスの空気だ。野辺は夜行列車の夜明けで知った美術史の一章に目をこすった。

アミアンというフランスの歴史で聞き覚えのある名前の駅に停まった。野辺は急に思いたって、デッキのスーツケースを下ろして途中下車した。スーツケースの中からスケッチブックを取り出して荷物を駅に預け、駅前の小さなホテルの食堂に入ってプチデジュネを注文すると、ホテルのマスターは外へ出て行き、棒パンを一本買って帰り、二切れ切ってバターとジャムの小カップを添えて皿に載せ、コーヒーと一緒にテーブルに持って来た。ドア口から表の白壁の家のポーチで寝そべっている白い毛の長い犬を眺め、コーヒーを啜り、蟹の甲羅のように硬い棒パンの皮にバターをなすり付けて齧り、異国の朝の町の静けさに浸っていると、ロンドンから離れた南の国に一人でいる自由がコーヒーに溶けて、ゆっくりと胸へ沈んでいった。

外に出て、当てもなく知らない国の土地を歩くと、野辺は夢の中を歩く気分になった。それでも通りには名前がついており、イギリスの煉瓦造りの長いアパートではなく、一軒一軒違う家が並び、集合ではなく個人で、小さくとも自分の家に住んでいるのがわかってほっとした。草原の向こうに木造の古い家が並び、三毛や白、黒、まだら茶の猫たちが春の日射しを浴びてあちこちわが物顔にのさばっている空き地へ出た。猫たちは大人しく、辺りはまどろみに包まれて深《しん》としていた。とつぜん、前方の家の二階から木の階段をバタバタと必死で駆け下りる音がした。その後から「殺す《トゥエ》……殺す《トゥエ》」と男が怒鳴り、ドタドタと必死で追って階段を駆け下りる音が聞こえた。野辺ははたと立ち止まり、知っているわずかなフランス語の単語がたまたま朝の静寂《しじま》のなかで板壁の外まで空き地を飛んで聞き取れたので嬉しくなった。その先も聞き取ろうと耳を澄ましたが、その後はなにも聞こえなかった。
アミアンの朝。

虹色の大気も木立の一軒家もなくなって煤けた灰色のビルが密集し、電線や陸橋の重なる脂じみた都市の狭間で列車が速度を落としたので、野辺はパリに着いたとわかった。地下鉄の入口を探し、壁のメトロの路線図を眺めてリヨン駅に通じる線を指で辿り、乗換駅を記憶し、野辺は地上のパリの町に出ることはなく地下の通路へスーツケースを曳いて入って行った。長い地下通路を小柄なパリ人は身軽に早足で歩き、曲り角に立ってヴァイオリンを弾いている若者もイギリス人よりは芸人っぽく楽しんでいる。路線図をなんども確かめ、行先の駅名を覚え、やっと大きなリヨン駅に降りた。三十分待ってマルセイユ行急行に乗り、スーツケースをデッキの荷物台に乗せ、車両の中程でバッグを座席においていた女性がバッグをどけたので、野辺は空席を確かめて坐った。これで終点まで乗ればいいとほっとし、二日間の疲れが窓外の家並みを眺める野辺の瞼を下ろした。ドーヴァーの白い崖も北フランスの虹色の大気もアミアンの猫の遊び場も遠ざかり、列車は平地をひたすら南に向かって走った。

目を開くと、窓の外はいつの間にか暮れて、家の灯りが見えるだけで樹々の枝葉を掃く風の気配がする。列車が緩やかな斜面をゆっくり下り始めると、それまで静まっていた車内に生気が甦ってきた。

巨大なマルセイユ駅の構内には木立があり、ライフル銃を持った警官が巡回する姿を見て、野辺はアフリカに近づいたのだと緊張した。エクサンプロヴァンスへ行くローカル列車が再び北に向かって勾配を上がり始め、ついに目的の駅の改札口を出ると、町はすっかり夜に沈んでいた。駅には案内所もなく、野辺は街灯が疎らにある緩い坂道をスーツケースを曳いて上がりながらホテルの看板を探した。歩道はすっぽり街路樹の枝に覆われ、店らしいウィンドウもなかった。ふと「ホテルセザンヌ」という小さな標識が目についた。野辺はセザンヌに救われた。

＊

朝、夢も見ずに熟睡したベッドで野辺は目を覚ますと、坂の上からアンデスの竹笛の「コンドルは飛んで行く」の調べが大音響で聞こえて来た。今日は日曜日なのか。ホテルの食堂にはもう客はいなかった。トーストとスクランブルエッグとコーヒーで朝食を済ませると、野辺はセザンヌが描いた石切り場を地図で探し、フロントでバスの便を尋ねたが、時刻表はないからロトンドのインフォーメーションで訊くようにと言われた。画材をバッグに入れ、表に出るとプラタナスの浅葱の葉が枝の先に開いていた。坂を上がると広場の中心に大きな円形の噴水があり、白い塔の上に三体の神像が朝日を浴びて、豹やライオンの間から太いしぶきが上がっていた。ペルーから来たのか、分厚い胸の男が竹笛を十本ほど束ねたサンポーニャに息を吹き込み、尺八を思わせる音がマイクで増幅されて樹々の梢を抜け、プロヴァンスの空に昇って行った。野辺はインフォーメーションで教わったビベミュス方面行きの番号をバス停の中から探し、ヨーロッパでもっとも美しい並木道の一つと言われるプラタナスの大樹の通りを歩いた。苔むした噴水があり、古い石造りのホテルのバルコニーを二体の石像が両手で支えていた。屋台でジュースを一瓶とサンドイッチを買った。

町から南の村に向かうバスの乗客は少なかった。野辺は運転手にビベミュスに近い停留所で降ろしてくれと頼み、運転席に近い席に座った。アンデスの山を越えるコンドルの高い歌声はじきに聞こえなくなった。バスは針葉樹や灌木の点在する砂地の丘を走り、素焼瓦を乗せた白壁の一軒家が絵になる木洩れ日のトンネルを潜ると、南仏の日と風を含んだ色で描きたいと野辺の胸が膨らんだ。

バスが停まり、運転手が「ムッシュ」と声を掛けた。野辺は礼を言って一人バスを降りた。「ビベミュス」と描いた木の標識が立っていた。バスは緑のなかに消えた。森の奥へ通じる砂地の道に入るとそこは公園の入口らしく、松脂《まつやに》の匂いがする。地中海に近づいたのだ。坂を下ると鉄のゲートがあり、人はいないが窪地になった先は赤茶けた岩壁で、土牢のような穴が開いている。そこが石切り場の入口らしい。鉄格子の扉に鍵が掛かっている。野辺は岩壁と鉄の柱の隙間を横身になって通り抜けた。トンネルを潜り抜けると、そこは森の聖地だった。赤岩が崩れてはいるが、自然の造形で佇んでいた。人間の手が加えられたあとは日と水と風に委ねられたのだ。

セザンヌは岩と木の本来の色を光に干渉されずにカンバスに実現しようとしたのだろう。岩が露出したままである。

野辺はグロテスクな赤い岩壁の向かいの松葉の積もった斜面に新聞紙を重ね、パレットを開き、筆洗いにペットボトルの水を注いだ。岩塊と樹木と草、生い茂る松の大木の新芽がシルバーグリーンに烟る叢をなして奥へ連なりながら、針葉樹の梢を掃く北風に吹き流されるホワイトグレーの層雲が南に流される切れ目から、プロヴァンスのミルキーブルーの空が覗いて見えた。日射しを受けた新緑が発散する松脂の霧は植物の吐く息だ。セザンヌはそういう色は油で描いてない。窪地の底から赤味の岩壁が剝き出し、その上の草叢を越えて松の枝が絡み合いながら遠ざかり、吹き騒ぐ風を針葉が切って鳴り、もだえる雲がのけぞって流されるのを画用紙に描くと混み合い、色を付けると止まってしまう。松脂が振り撒くジンの香が鼻の粘膜を刺激し、風に抗い切れなくなった松葉と松陰嚢《まつぼっくり》が筆洗いの中にもパレットにも、画用紙に乗せた色の上にも落ちてきて、自ら水彩画の松の葉と実に成り済まそうとした。野辺の体も松脂の風が浸み込んで、松の切り株になっていく。セザンヌが言った風景の球の頂点は何処にあるのか。荒い岩壁は滑らかな筆の跡になり、銀灰色の松の新芽は霧のように森の彼方に伸びるというよりも平面に染みた斑点になった。セザンヌはオレンジの頂点は画家の頭にもっとも近いと言ったが、頭上の松から落ちた針葉は絵に近いのだろうか。

鳥の鋭い声、針葉樹や広葉樹が騒ぐ風の音、野辺は松葉と椎の実と杉の新芽を絵筆で除けた。

大気に洗われ、銀色の松葉の霧に包まれて泳ぐように体で描けたらいい。掌で自然をつかみたい。野辺は尻が痛くなり、涙と鼻汁が止まらない。体ごとで絵は描けない。筆を洗い、パレットを閉じ、洗い水を足もとの落葉に浸ませ、ずり落ちた新聞紙を拾おうと身を屈めると、野辺は見えない力に引かれて頭が地面に近づきながら樹々がゆっくり傾いて天を掃き、頭頂が松葉の床に着いて尻が空に持ち上がると、胸はたわんで腰も脚も丸く縮みながら尻と頭が二度円を描いて枯葉の窪みの底で止まった。野辺は球になって頭は尻の下に、頂点は尻の上にあった。

いつ来るかわからないバスは諦めて野辺は砂地の坂道を登った。延々と森や川を越えて町に戻ると、夕方のロトンドは賑わっていた。裏通りにイタリアンレストランを見つけてスパゲティとコーヒーで夕食を済まし、ホテルに帰ってシャワーを浴びた。窓辺に一つだけある椅子に座ってプラタナスの葉を眺めると、ほかにすることがなかった。マールトンはどうしただろう。生きているのだろうか。話をしたければ食堂で紅茶を入れているとマールトンも部屋から出て来て、ヨーロッパの歴史や都市や美術の話は尽きることがなかった。電話をするのは金が掛かるし、絵葉書を出しても時間がかかるだろう。今エクサンプロヴァンスに来ている。セザンヌの石切り場で絵を描いた。無事であることを祈る、と。客の声も歩道を歩く足音もないと野辺は一人であることがはっきりする。人の声がしないのはいいが、いつも近くにいるはずの人が突然いなくなると、その空虚を埋めるものがない。セザンヌは毎日森の中で絵の中にいた。

＊

翌日も野辺は同じ時間のバスに乗って、今度は運転手に合図して同じ場所で降りた。少し雨模様だったが、昨日のビベミュスからさらに奥へ、道の続く限り坂を下った。日本の松を思わせる枝振りのプロヴァンスの松林が広がる斜面の枯れ草を踏んで登ると、突然前方が開けて、広々とした森の原野の向こうにサント・ヴィクトワール山が雲の中から頭を出していた。硬質の石の三角の山は緑の平面と釣り合いが取れて、雲と光と水気によって怒ったり、仏頂面をしたり、時には機嫌よくセザンヌと対話したのだと野辺は考えた。松葉の深いクッションに腰を下ろし、灰色の影のある白い雲がサント・ヴィクトワール山の左から右へ移る動きを見詰めたが、山は動じない。ふと松陰嚢が野辺の頭の上に落ちてきて、鳥の脚が止まったように、首の上に頭があることに気が付いた。セザンヌはこの頭とあの山の頂が一番近いと言ったのだろうか。野辺は山の稜線を紙の上方に斜めに引いたが、その下方に拡がる原生林の原は線では描きようがないので、サント・ヴィクトワール山の麓から野辺の足下に至る広大な緑の原の色合いを見定め、明るい浅緑を紙の随所に置き始めた。色合いのやや濃い緑の瘤が森の頭のようで、わずかに色を変えて筆を触れると、葉の膨らみが紙から盛り上がってくる。

松風がざわめき、松葉や松陰嚢と一緒に野辺を落葉の堆積に埋めようとしているみたいだ。自分の体も自然の中に込めて描ければ邪魔にならないだろうが。セザンヌは屹立するサント・ヴィクトワール山になんども自分の額と頬を合わせて描いたことだろう。そうして描いているうちに自ずとそこに自分の顔が現れるものだ。針葉を抜けるミストラルの季節風は細く切れて、髪を梳くような音になり、それが切れ目なく一様に吹き流れると、地面の音は聞こえなくなるだろう。野辺はときどき後ろを振り返る。だれもいない。森だけ。一日中森の中で一人で絵を描いていたセザンヌは強い人だったのだ。自然に溶け込み、絵に没入していたとは言え、木や山と言葉を交わしていたのだろうか。

ふと、大風が弱まったと思うと、野辺の背後で地面を鋭く叩く音がした。はっと振り向いたが、松葉に覆われた地面に人間の足音がするはずがない。地面を激しく蹴って黒い影が飛び立ち、松の梢へ抜けていった。四つ足動物のように地面を叩いた。自分の体を忘れていた野辺は急に我に還って辺りを見回した。動物の姿は見えない。また松風が鳴り出した。セザンヌの絵からは松風の音はしない。鳥の飛び立つ音に驚くようではまだ自然に馴染んでいない。野辺はサント・ヴィクトワール山の三角の山肌に色を入れ始めた。凹んだ森の靄《もや》から上半身を天に向かって乗り出す姿に精気を取り戻し、柔らかい針葉のクッションに腰を沈めて屈んでいた背を伸ばした。紙の上に山を創る。

松と樅の梢に鳴る風に背後を急かされ、空を泳ぐ灰色の雲に追われ、野辺は長い坂道を登ってロトンドの人の広場へ戻った。

＊

ホテルの食堂で野辺がいつものように一人でグレープフルーツ・ジュースとトーストとスクランブルエッグとコーヒーで朝食を摂っていると、横にある厨房から農家のおばさんのようなマダムが現われ、英語で親し気に話しかけてきた。

「オムレツを作ってあげるから食べませんか」

「ありがとう」

マダムはじきにハムとポテト入りのオムレツを皿に乗せて持ってきた。別料理を注文する客がいないので、手持ち無沙汰のマダムは野辺の世話を焼きたそうにしている。

「昨日はビベミュスの先まで行ってサント・ヴィクトワールを描いてきたよ」

「セザンヌの山」マダムは嬉しそうに言った。

「この辺にはほかに山はないの」

「わたしはリュベロンに住んでるの。あの辺りにも美しい山があるわ」

「リュベロン」

「そう、そこから車で通ってるの」

「遠いのですか」

「一時間くらいよ。山の上に古い石の町があるわ」

リュベロン。美しい名前だ。そこの農家から来ているのか。こんな愛想のいいマダムと暮らしたら気持ちよく絵が描けるだろうか。セザンヌのように毎日朝から夕方まで一人で山に行って絵を描いていたら愛想尽かされるだろう。野辺はせっかくここまで来たのだから、セザンヌが小学生の頃ゾラと水遊びをしたアルク川を見たいと思った。水を描くのは透明水彩絵具でも難しい。透明な水は底が見えるが天の光も通すし、周りも映す。裏が見えない鏡を描くより難しい。

今日も北風は強い。雲も速いが、行き馴れたのでさらに遠く、川の見える場所まで行ってみたい。野辺は親切なマダムに頼んでサンドイッチを作ってもらった。マダムは喜んで食パンにハムとチーズにレタスの葉を添えたのを大きな紙ナプキン二枚にくるみ、赤ワインの子瓶と小さなバスケットに入れて嬉しそうに持たせてくれた。

「メルシーボークー・マダム」

野辺は久しぶりに女の胸の温もりをもらった。リュベロンのチーズの香りがする。

昨日サント・ヴィクトワール山を描いた松の丘からさらに道を下ると、新緑の木々の葉を透して降る光は野辺の首筋を撫でた。風が吹いても丘に護られて針葉は風を切ることなく遊んでいる。野辺はランチのバスケットを片手に持ってピクニック気分になり、砂の坂道をどんどん進んだ。

サント・ヴィクトワール山は森の向こうに隠れ、周りは木の幹と葉と落ちる実で、鳥も黙って枝を抜けた。腿にサンドイッチの温もりを感じて野辺はマダムの手を取って歩いている気分になった。

森のカーテンが開け、足下の坂道が深く下って下方の木立に吸われていくのが見えた。その先の深い谷の底を見下ろすと、エメラルド色の水がひっそりとダムに湛えられている。緑の窓の先に、空よりも冴えた水鏡が、森を通す光を溶かして人に見られることなく収まっている。サント・ヴィクトワール山が自然の頭なら、あそこは見てはいけない秘部だ。

野辺は浅葱の下草に腰を下ろして森の底のダムの水を紙の上に筆で撫でた。水の音はなく、風の音と鳥の声が聞こえる。雲は音もなく流れる。セザンヌはこういう風景は描かなかった。ここには球がないから頭に一番近い頂点もない。水の面は遠ざかるばかりで、それを追う視線は絵にはならない。遠ざかる目を引き戻し、自分の眼窩に収めるのが絵だが、逆に出来上がった絵は収まったまま遠ざかろうとしない。絵に近づいてもそれを手に入れることはない。野辺は鉛筆の線で枝と葉の重なり合いを表わし、細い砂地の坂道を入れて遠近感を出すことはできても、その先の神秘な水の溜まりに絵の具を付けると、そこはたちまち水ではない色の面になってしまい、光を反映することはない。

「強風が町に雨を降らし、アルク川の岸辺を潤す」

セザンヌは中学生の頃、ゾラへの手紙に書いた。風と雨と川。セザンヌはそれを実現《レアリゼ》させることをしつこく言っていた。空をつかんで、それを紙の上に移すようなものだ。

太陽に雲が懸かるとエメラルドがさっとグレーに変わった。灌木の葉から黄味が消えてロンドンの公園の緑に近づいた。白い雲が影になり、木の枝が騒ぐと、山間の冷えた風が吹き込んできた。あそこは手を入れてはいけない自然の局部なのだ。野辺は筆を置いて、リュベロンのマダムが作ってくれたランチのバスケットを開き、厚いハムに前歯を差し込むと味が舌に滲みた。山に一人でいると日のあるうちは光の温もりに身を包まれて満ち足りているが、いったん日が陰ると途端に太陽に見放されたように淋しくなる。周りに人がいると煩くて一人になりたくなるが、誰もいなくなると急に人恋しくなる。

野辺は夜、ホテルの窓から街灯の光がプラタナスの葉を透かす具合を見詰めながら、自分が今エクサンプロヴァンスにいる実感が薄い理由を考えた。何処にいても自分はいつも希薄だったのではないか。周りに友人や知り合いがいないからか。母親が入院して死が迫ってきたとき、看護婦が母親のベッドに向かっていつもと変わらず大きな声で「ノベさん」と呼び掛けるのを聞いて、野辺は不思議な気がしたことを思い出した。死にかけた母親がまだ名前の先に本体として存在している。名前を呼ぶのはそこに実体があることを前提としている。ここでは「ムッシュ」とは呼ばれても、「ムッシュ・ノベ」と呼ぶ人はいないから、野辺は返事はするが、自分は影の、見えない存在で、それが当り前の気がしていた。部屋に自分の顔を映す鏡がないよりも、人に名を呼ばれなければ自分はいない。自分の方が相手を見るだけだ。自分の名を呼ばれてもそれが自分とは気が付かないことがある。名前も空気を震わす風の音で、風は自分で音を立てるだけでだれかを呼んでいるわけではない。旅で自分が自由になるのは自分が見えなくなるからだ。景色ばかり、料理ばかり。考えることもなく、周囲に反応して足が重くなるだけだ。絵を描くことが、自分がそこにいた唯一の存在の証で、それを観る人がいなければ人の目に触れず、時の水に流す排泄物になる。跡に残る物がなければ人間も同じではないか。鳥の排泄物が芽を出し、葉を出し、毎年枯れて芽を出し、葉を出し、大きくなる。花が咲き実が成れば、鳥が食べ、種が糞になる。

マールトンはどうしているだろう。遠く離れた不在の人でも気になるのはその人の存在が重いからだろう。もう取り戻せないかもしれない。

＊

野辺は翌日サント・ヴィクトワール山の麓まで行ってみることにした。リュベロンのマダムに話すと、マダムは嬉しそうに厨房へ入り、今日は棒パンにオムレツを挟んだ豪華なサンドイッチを作ってくれた。

一時間に一本のバスはじきに住宅街を抜け、そのままで絵になる、緑陰に潜む素焼き瓦に白壁の家の前を下り、プラタナスの巨木が両側に並んだ緑地に出ると、正面にワイナリーらしい白壁の館が見え、そこから上り坂になり、サント・ヴィクトワールの巨大な山肌が森の上に覗き見えた。セザンヌの絵で見たことのある石臼が森の中に転がっていた。バスは広い駐車場に止まった。眼の前に仰ぎ見るサント・ヴィクトワール山は黒い横縞のある硬い灰白色の岩の塊で、灰色の雲が層をなす天空の下に巨大な記念碑然と居坐っていた。これがセザンヌの山の素肌か。感嘆して見上げる野辺を憮然として見下している。遠望すれば広い森の盆地の上に泰然と肩を怒らせ、下半身に緑の裾を広げているが、腹の下まで近よると裸身を露出させた不快な居直りの様相をしていた。セザンヌはこんなそばからはこの山を描かなかった。山とは距離を措いて、その空間を交叉する岩塊の気と視線を天光の下で色面に受け留めようとしたのだ。

野辺は硬い山肌の縞模様をスケッチすると歩いて坂道を下り、途中で大きな石臼の遺物が見えた森へ後戻りした。そこの杉の梢越しに覗くサント・ヴィクトワール山はまだ近過ぎて、樹々の上から覆いかぶさるように圧しかかってくる。水車小屋で使ったものか、大きな石臼が仰向けに倒れた恰好で下草の上に転がっている。見捨てられた道具は植物のように生き返ることがなく、打ち捨てられたままの恰好で古びていく。野辺は道路から草叢の中に入って位置を定め、スケッチを始めた。聳える山を見るより俯いて石臼を見る方が心が落ち着いた。これでは頭とモチーフが近過ぎて空間がないが、セザンヌが林檎を描いたのと同じだ。林檎は腐って見えたが石は死んでいるのか、百年生き続けているのか。描くことは物を生き返らせる。

野辺はリュベロンという魅力的な音のする土地に行ってみたくなった。翌朝は日射しが強く、プラタナスの葉が日を浴びて若やいでいる。石畳の歩道を歩く足音が軽やかに響いた。ロトンドのインフォーメーションでバスの時間を訊くと、午前中はあと一本で、まだ一時間近くあった。高い水盤の上の白い三神像は日を仰いでまぶしく、豹とライオンの間から噴水の飛沫が白い弧を描き、プラタナスの並木の梢に白雲の薄衣が懸かっていた。子供も女たちも白い腕と長い脚を剝き出して水を浴び、輝いている。野辺も嬉しくなって木陰のベンチに坐り、スケッチブックを開いて女子供の手足の線を描く。話し掛けてくる者はいないが、通りがかりに絵を覗いて行く女と子供がいる。離れたところから写真を撮る男がいる。野辺が顔を上げて相手の顔を見ると、下を向いてせっせと描けと手真似をしてみせる。野辺は天女の羽衣を黒い鉛筆で棚引かせる。

ようやくリュベロン方面行きのバスが出る。土地の人らしい客が少し、サント・ヴィクトワール山とは反対の北の平野に向かって行く。薄い葉叢を翻して招く林を抜け、池を巡り、浅い川の畔を四十分ほど走るとバスは止まって、運転手が「シルヴァカーヌ」とか言ったような気がする。灰色の石壁の奥に教会の塔らしい建物が見えたので、野辺はそこで降りてみることにする。黄緑の蔦が壁一面に這い上がり、太陽を一杯に受け留めている石造りの家があり、素焼き瓦の屋根の上に鐘楼の頭が覗いている。修道院らしく、チケットを買ったが午後の開館は二時だという。今日はホテルのマダムにランチを頼まなかったので、野辺はカウンターでクッキーとコーヒーを買い、狭い待合室のベンチに坐った。アメリカ人らしい観光客が数人、ガイドらしい女性と一緒にいた。

「シトー」

「一日一食、会話なし、ひたすら祈りと労働」

「アセティック」

汗でなく、禁欲だったか。蔦の手招く緑の手と太陽の恵みの熱に膨らんでいた野辺の胸は、クッキーを一つ口に入れながら、思いが沈んできた。

二時に待合室の木扉が開けられ、わずかな客が並んで境内の真昼の太陽の中に出た。白い砂利の庭が上り気味に真っ直ぐ伸びて、正面に石灰岩のブロックを積み上げた聖堂の入口が見えた。白い小石の上に立つと野辺の影が足の下に消えて、プロヴァンスの熱い太陽の重みがずんと頭頂と肩に懸かるのを感じた。野辺は祈りも考えもなく砂利の上に立っている。前方の大扉は開いている。右手に銀緑の薄葉を満身に装った大樹が一本立っている。風がそよぐと葉衣の袖がさらさらと翻り、銀色に光る葉裏を振って歓喜に震え、緑の小花が覗いて見える。観光客の一行はすでに聖堂の中に消えていた。白い石に黒い葉影が揺れ、綿雲が浮かぶ天空から射す日の下、修道士の不在の聖堂の灰色の石と、銀緑の木と向かい合って、野辺は名もなく太陽に圧えつけられた一塊の肉になっている。木は芽を出し、葉を出すが、自分はなにを出すのか。石臼は枯葉の上に転がり、古びてもなお時間を留める。ここに太陽の重みを受け止める肉がある。

野辺は白い石の照り返しに瞼を低くし、額に手をかざして聖堂の入口を見上げる。上部にも左右にもなんの彫像装飾もなく、ただ鳥の浮き彫りのように見える石が扇形の壁に嵌めてあり、屋根に石の十字架が掲げてあった。聖堂の奥の暗い正面に花弁が八枚しかない薔薇窓が小さく見える。修道士たちはいなくなって、後に残った石灰岩の聖堂の前に野辺はひとりで立っている。水の流れる音も、風のざわめきも、鳥のさえずりもない。目だけが見えて、白い砂利と灰色の石灰岩と銀緑の木の葉がある。足は大地から水を吸い上げるわけではなく、太陽は無言で頭と肩に圧力をかける。神の不在の聖堂は自然のエレメントも一緒に抜けていく。自分が絵に捉えようとしていたのはこの自然のエレメントだったのかも知れないと野辺は気がついた。このエレメントのエネルギーをどう紙の上に実現させるか。なにか声がしたような気がして野辺は振り返ると、白い砂利の庭の果てに高い糸杉が空を遮って並んでいて、人も鳥も猫の影もない。太陽の熱が野辺の首根を射した。

野辺はプロヴァンスまで来て、けっきょく得たものは太陽の熱だったのか。石灰岩の修道院の内部を見た。修道士はいなく、質素なステンドグラスが残っているだけだ。石の壁と床には禁欲と祈りの隠遁生活を送った男たちの気配は浸み込んでいたが、その汗と脂は乾いて、啓示の跡はなかった。

＊

野辺はロンドン－エクサンプロヴァンス間の往復切符を買ってあったので帰りの切符はあったが、宿代は残り少なくなった。帰路の二食の弁当代は残しておかなくてはならない。北の古都ディジョンには寄って見たい。ロンドンに帰れば寝るところはある。マールトンはどうしたか。鍵はあるからドアは開けられる。

翌朝野辺は荷物をまとめ、マールトンへの土産はなく、エクサンプロヴァンス駅から汽車に乗った。ホテルを出るときにはリュベロンのマダムの姿はなかった。

島国で生まれ育った野辺は汽車で走る間に山が見えないと退屈することに気が付いた。セザンヌはプロヴァンスの小さな独立峰の硬い岩山を世界の道標に見立て、自分との距離を測りながら色面で対話を続けたのだ。サント・ヴィクトワール山を自分の頭と対峙する自然の頂点ととらえたのだ。それを縮小すればテーブルの上の林檎になる。人物を描いても性格を描くだけでなく、相手を山と見て、自分との距離を測って描いたのだ。

ディジョンは田舎の駅で、地下の通路へ降りるエレベーターは一基しかなく、行列して順番を待った。駅前の広場に立つと工事中のビルの向こうに汚れた建物ばかりが見える殺風景な町の予感がした。駅のスナックでサンドイッチとコーヒーでランチを済まし、駅の荷物預かりにスーツケースを預けると、野辺は身軽になって町の探索に出掛けた。エスカルゴとブルゴーニュ・ワインとマスタード、緑したたる清流の古都「ディジョン」に憧れていたが、その軽快な響きから連想する目を見張るデザインの広場や樹木や噴水で客を迎える雰囲気はなかった。

慎ましい凱旋門は子供たちの遊び場で、そこから伸びる街路がメインストリートらしいが、前方に市庁舎や教会の鐘楼が見えるわけではない。やがて右手に大きな鐘楼が見えたので道を曲がると、教会というよりも領主館といった、塔が二つ付いた聖堂だった。正面の木扉に聖者の木彫が二体、レリーフのように取り付けてあるのが珍しかった。左右の石彫、内部の祭壇の浮き彫り、ステンドグラスの模様の繊細さに中世の職人の丹念な細工を感じながら、野辺は人気の少ない回廊を一回りして外に出た。「カテドラル・サン・ベニーニュ」という標識が入口にあり、聖堂の隣の芝生の奥の鉄柵の中に長い僧院風の建物が見えた。

考古学博物館という表示があるので入ってみると、入館料は無料と書いてある。野辺は左手の薄暗い石段を三段降り、そのまま同じ色の石のフロアと見えて右足を大きく伸ばすと、靴の底は石の床に着かずに沈み込み、野辺の脚と上体は前方に傾きながら、石の床が見る見る目の前に接近し、野辺は両手を広げてライムストーンの床に蛙の腹這いよろしく硬くぶつかった。バタンと重い音がしても自分の音とは思わず、石の壁が倒れかかったのか、自分の膝と胸が水平に落ちたのか、野辺は自分の世界の外へ放り出された。次の瞬間、映画フィルムの逆回転のように野辺の体は自動的な素早さで垂直に戻り、元の自分の二本の脚で立っていた。二人の警備員が左右で野辺の腕を抱え、即座に抱き起こしてくれたのだ。脚は動き、膝は体を支えていた。二人の警備員に腕を摑かまれたまま、野辺は一歩一歩関節を確かめながら歩き、窓際の道具箱を目指し、警備員はそこに野辺の腰を下ろさせると離れて行った。

野辺は我が身の不始末を信じられずにそのまま休んでいると、入口の方から中背の初老の紳士が歩いてきて野辺の前に立った。

「わたしは博物館長です」紳士は優しい物腰で告げたので野辺はびっくりして立ち上がろうとした。「どうぞそのままで。お体は大丈夫でしょうか。病院に行かなくても宜しいでしょうか。ホテルはどちらですか」

「歩けるから大丈夫だと思います。ホテルには泊まっていません。パリに帰るのに途中下車したのです。ありがとうございます」野辺は恐縮して礼を言った。

「ここはもとは修道院だったのです。かつては一〇〇人ものモンスターが住んでいて、その妖気が今もこの地下の部屋に溢れているのです。この奥に中世の石彫がいくつか並んでいますが、古代の予言者のダニエルやヨセフ、マリアの受胎告知のことはご存知ですか。獅子や牛や鷹や蛇。夜ともなれば無数の殉教者、罪人、王やユダヤの奴隷たちの亡霊が現われて、このアーチの下で悪戯をするのです。昼までもこうして観光客に脚払いの悪さをすることがありまして、貴方様の転倒も悪魔の仕業でしょう」

博物館長は野辺を慰めるように面白く、言い訳めいた説明をした。

「悪魔の仕業ですか」

「そうです」

日本人のように穏やかな話し方に慰められ、野辺は親切な心遣いに礼を述べた。警備員がびっくりして館長を呼んだらしい。館長は入口の方へ戻り、野辺は膝と腰の具合を気づかいながら、低い石のアーチに支えられた地下のギャラリーをそろりと歩き出した。

小さな石像が野辺の目を引き寄せた。ベージュ色の石灰岩に彫り込まれた人形のような人物像、両目をぱっちり開け、祈るように両手を合わせ、飾り襟の衣をまとい、膝を屈め、後の大きな碗にもたれて立っている。肩の上からも膝の脇からも獅子の頭が覗いている。野道の道祖神を思わせる稚気のある石像が中世の民衆の間では造られ、信仰の対象になっていたのだろう。雨風に晒され、崩れながらもどこかに残っていたのか。その横に並んだ石像の、農婦を思わせるマリアと仙人のようなヨセフの姿も同じだ。彫り師が石から取り出し造り上げた人像だ。石の素材のままで人間や天使の姿をしている。触れば粉になってこぼれ落ちそうだ。村の片隅や岩屋の壁で村人が拝み、手に触れていたのだろう。

野辺は頭を石床に打たなかったのは妖怪の情けだったと思いながら足を労り、日の当たる中庭に出ると、両手で頭を撫で下ろした。この頭が傷ついたら山を見ることも絵を描くこともできなくなっていた。中身はどうあれこの小さな頭こそ自分の全財産なのだ。膝と腰の具合を見ながら野辺は表通りへ出た。商店街の歩道にフクロウの真鍮のプレートが埋め込んである。噴水の上に葡萄を踏んでいる男のブロンズ像が立っている小広場があった。上品な化粧品屋がいくつも目に付くので野辺は湿布を買うことを思いつき、一軒の店に入った。清潔な白い包装箱の並ぶ棚を眺めていると、若い美しい女性が近付いて、

「なにをお探しですか、わたし英語が少しわかりますから」ときれいな英語で話しかけてきた。

「博物館の石の床にこう両手をついて転んだのです。パテを塗った薄いパッチが欲しいんです」と野辺は身振りを補って話した。

「青くなりまして」

「いえまだですけど」野辺は両手の平を見せた。少し赤くなっているが、まだ青くはなっていなかった。

女性は年上の店員と相談して、白い小箱を持ってきた。

「ノン、ノン。薄い、アルミニウムのパックに入ったものです」

女性はまた年上の店員と相談し、アルミニウムで頭に閃いたらしく、薄いアルミの袋を持ってきた。

「ウイ、ウイ」野辺は嬉しそうにろくに説明書も読まずに受け取った。「メルシイ」

野辺はディジョンが気に入った。賑わいのある通りを選んで歩くとインフォメーションがあった。野辺は町の地図をもらいに入り、カウンターの大人しそうな女性に、

「通りにフクロウのアイコンが埋めてあるけど、フクロウはディジョンのシンボルなんですか」と訊いてみた。

「イエス、ノートルダム教会の左手の柱にフクロウの石像があって、左手で触って願いごとをすると叶えられるのです」と恥ずかしそうに教えてくれた。

控え目な優しい表情と話し方が、人擦れしていない日本の女性を思わせて野辺は懐かしく、温かい気持ちになる。こういう女性がそばにいたら良い仕事ができるだろう。

野辺は地図を開いて歩き出す。やがて前方にノートルダム教会の鐘塔が見えた。正面の大扉の上部のタンパに幾筋も彫られた聖者の黒ずんで摩耗し、欠けた姿があった。その左側を眼を凝らして探してもフクロウの形は見当らなかった。見上げると、三層の怪獣や怪人のガーゴイルの群れが見下ろしている。暗い身廊は細密なステンドグラスの薔薇窓からさす天光で厳かな雰囲気に包まれるものだが、なにかの撮影の下見に来たクルーが正面大扉を左右に大きく開き、外光が礼拝席に当る具合を調べていた。俗世界の昼光が直かに暗い身廊に差し込み、陰影に秘められていた会堂の香気が暴かれて、ただの木のベンチが無人で並んでいた。

教会の左手に回る道に中世の風情を残す木組のカフェがあったので、低いドアを開けて奥の席に坐った。他に客はいなかった。壁にフクロウの石像や写真が飾ってある。初老のマダムにクレープとコーヒーを頼んでフクロウの在り処を訊くと、「すぐそこですよ」と窓の外を差した。教会の北側の壁を眼で探ると、グレーの石灰岩の柱の中ほどに、ハニー色のフクロウらしい石の出っ張りが見えた。その前の石畳にひときわ大きなフクロウの真鍮のプレートが嵌め込んであった。ダークスーツの紳士が一人左手を高く伸ばしてどうやらフクロウの胸らしいてかてかした石に触り、俯いて長いことなにやら願いごとをしていた。

店を出ると、野辺も左手を伸ばしてフクロウの胸の辺りの冷たい石の膨らみを触り、「もう転びませんように」と安全を祈った。

パリ行の急行列車の空いた席に座ると、窓の外の柔らかい春の芽生えの林が暮れていくのを眺めているうちに、野辺はうとうと車両の振動に身を任せきった。パリのリヨン駅には眠気が醒めないうちに着き、地下鉄に乗り換えて北駅でカレー行急行に乗った。パリの裏側の油染みた都会を離れて北フランスを抜けながら、荒涼とした田舎ではなく、一軒家が森に溶け込んでいる風景を見ると野辺はほっとする。カレーには予定よりも三十分遅れて着いたが、ドーヴァーに向かうフェリーボートはゲートを開けて待っていた。スーツケースを下げて狭い階段を昇り、デッキのラウンジの空いたベンチに座ると野辺はほっと疲れが出た。カウンターで久しぶりにフィッシュアンドチップスとアメリカンコーヒーを買って空いた腹を温めた。これがイギリスだ。マールトンは帰ってきているだろうか。あの凹んだベッドでぐっすり眠りたい。野辺の瞼はもう下りていた。

＊

夜が明けるのだろうか。辺りに人の動く気配がし始めて野辺は眼を覚ました。窓の外の空は明るんでいた。野辺はドーヴァーの石灰岩の白い断崖がほんのりと曙に染まるのを見たいと思い、目をこすりながら洗面所で顔を洗い、ブルゾンの襟を直し、スーツケースを引いて甲板に出た途端、冷たい海風が一気に野辺の眠気を払った。イギリスの陸地が遠方に見えて、野辺は自分の国に帰ったようにほっとした。

「お早うございます」

思い掛けなくさわやかな女性の日本語の声が肩の先で聞こえて野辺は振り向いた。赤茶に染めた髪の下に見える額が広く、旅馴れているらしい三十歳位の女性がにっこりしていた。ネイヴィーブルーのセーターにジーンズ姿で、ツアーの添乗員かとも思えたが、他に日本人の客はいなかった。

「お早うございます。ドーヴァーの崖は美しいですね」

「夜明けのドーヴァーが一番ですね」

「帰りにもう一度見たいと思って」

「パリのお帰りですか」

「いえ、プロヴァンスからです。パリは寄らないで」

「まあもったいない。パリはいろいろ面白いところがありますよ」

「パリはもう日本人がたくさん行っているので。ぼくは絵を描くので」

「まあ、アーティストでいらっしゃるの。わたしはミュジシャンなんです。ロンドンでも演奏するので」

野辺はアーティストと言われてびっくりし、雲の上に顔を出したパーマネントローズの太陽の光がまぶしく、額に手をかざした。美しいものを求めている目の女性だった。その日本語がすみずみまではっきり聞き取れて、すっきりとした声の女性に異国で思い掛けなく抱かれているような気持になった。

「ロンドンにいらっしゃるのですか」

「ええ、一人でマンションで間借りして絵を描いてます」

女性はハンドバッグからカードを一枚取り出して野辺に差し出した。

「どうぞ、お時間があったらライヴにいらして下さい」

「ありがとうございます」

カードにはローマ字の名前と電話番号が書いてあった。野辺は甲板の手摺に寄りかかり、隣の女性の目鼻と生の唇を見詰めたい気持ちを抑え、ドーヴァーの白い石灰岩の崖が朱から薄いピンクに変わっていくのを眺めながら、髪に櫛も入れず歯も磨いてない惨めな自分の顔を思い出し、ドーヴァー海峡に顔を隠しながら、ピンクに染まった石壁に女の顔を描いた。

女性とは甲板で手を振って別れた。野辺はヨーロッパに来て人と別れるときに手を振ったのは初めてだった。ネイヴィーブルーの腕が赤茶の頭まで上がったのが目に残った。ロンドンまでの車中、野辺は日本の女性の優しい声と日本語の温もりに揺られて疲労を忘れ、ヴィクトリア駅でアンダーグラウンドに乗り換え、ベーカーストリートで乗り換え、最後にフィンチリーロードの駅で降りた。ケンタッキー・フライドチキンを一袋買って、心なしか軽くなったスーツケースを引いて坂道を上がり、マンションの入口に辿り着いた。ベルトに通してあった鍵を取り出して鍵穴に差し込み、左に回すとドアは開いた。懐かしい葉巻と香が匂った。電話器の座卓のスタンドは点いていた。ドアの裏のカーペットに郵便物が落ちて溜まっていた。マールトンはまだ戻っていないのか。ドアの錠を下ろすと、野辺は大声で「マールトン」と呼んだ。食堂、バスルーム、自分の部屋も開けて呼び、戻ってマールトンの寝室と書斎のドアを少し開いて呼びかけた。返事はなく、静寂だけが返ってきた。

「マールトン」

食堂のパネルヒーターは点いたままなので温もっていた。テーブルの上は野辺が出て行ったときのように散らかっていたが、少し人の手が加わっているように見えた。友人が来たのかもしれない。スーツケースとショルダーバッグを自分の部屋に入れると、野辺は不在の重みがひしと身に迫ってきた。マールトンはロンドンの野辺を支えるパートナーだった。

野辺は胸に温もりを求めてバスタブに湯を溜めた。入口のドアに戻って郵便物を一つ一つ調べた。マールトン当てのものはみな印刷物で、個人の手紙はポストカードもなかった。野辺当てのものは一通もなかった。だいたい自分が誰にも手紙もカードも送っていなかった。ここの住所を知っているのは妻と教え子の写真家だけだ。もしマールトンがこの間に帰ってきていれば、野辺当ての郵便物は靴入れの棚の上の手袋入れの籠に立て掛けておいてくれるはずだ。野辺は風呂に入って丸二日の疲れを洗い、下着を替えてロンドンの普段着姿になった。食堂で湯を沸かし、テーブルに坐ってフライドチキンの袋からポテトチップスとチキンを大皿に空け、久しぶりのまともな食事だが、人気がないのでテレビを点けた。アクセントの強いロンドン英語はフランス語の庶民的なおしゃべりとは違って政治演説に聞こえ、旅の疲れを癒す声ではなかった。トワイニングのアールグレイだけがわずかに舌に滲みた。皿を洗って部屋に戻り、机の抽き出しの奥の、絵葉書の袋の底にたたんでいれてあったポンド紙幣の残りを数え、食料を買う以外には金を使わないことにしようと考えた。寝室のパネルヒーターのスイッチを入れ、凹んだベッドに横たわり、薄い毛布を首まで引き上げて目をつむった。瞼の暗いスクリーンにはなんのイメージも浮かばなかった。

＊

野辺はマンションに籠ってエクサンプロヴァンスの石切り場の銀緑の木立と、白い砂利の向こうに建つ礼拝堂と、その反対側の糸杉の並びを絵具で紙から浮かび上がらせることに集中した。ドローイングの線の上に色を付けるのではなく、白い紙から色が浮き出して場を占め、エレメントを主張し始める。その周りを重く抑えて色の光のエネルギーを強める。自然の色を映すのではなく、紙の上に根づかせる。

マールトンが音もなく近付いて後ろから覗いているような気がして、野辺はふと振り返る。ときどき紅茶を淹れに食堂へ行く。マールトンの足音がせず、廊下の奥の一室にひとりでいると、野辺はマールトンのマンションの家具になっていくような気がした。色はそれを理解する目に合うと喜ぶ。色は目の肉だ。皮膚の下に赤い血があるように。

ロンドンに知る人の少ない野辺は土曜日の午後、久し振りにパディントンのノンナを訪ねる気になった。まだ肌寒いのでブルゾンを着てスケッチブックを抱え、地下鉄の駅前の屋台でスペインの林檎を一袋買い、アンダーグラウンドに乗った。人々はいつものように働き、その流れに乗ると自分も世の中の一員になった気がする。ノンナの白い家の通りは前と変わらず人気がなかった。日は射していなかったが、窓際に椅子を寄せて、柄ものの上っ張りを着て所在なく坐わり、人の通らない街路を眺めるノンナの姿はなかった。ガラス窓は閉められたままで、ドアをノックして耳を寄せるが、しんとして応答はない。

「ノンナ」

野辺は声を上げて呼んだ。走り寄る重い足音はない。

「ノンナ」

ノックをする。ドアは開かない。外の高い窓辺に寄って暗い部屋の中を覗く。人影はない。ベッドルームは奥にあるようだったが、人の集まる土曜日に昼間から寝ていたり、出掛けるということはなかった。脚が不自由で、一人暮らしの食事はバナナで、毎日牛の生き血を一杯飲んでいると言っていた。どこかの施設に入ったのだろうか。ドアに表札というものはないから、引っ越したのか、ひょっとして亡くなったのだろうか。野辺は林檎のビニール袋に名前と日付を紙切れに書いていれ、ドアノブに吊るした。

ノンナの家の側からリトル・ヴェニスの堀を見に行った。数人の人影はあったが、ノンナのいない運河は寒々しかった。

翌日、野辺はノンナの消息を訊きにデジルを訪ねることを思いついた。歩けば三、四十分はあるだろうが運動になるし、バス代の節約にもなる。スケッチブックを抱え、広い通りをまっすぐ都心に向かって歩き、大きなプラタナスの木立の中ほどを曲がって十階建てくらいのアパートの群の間を下っていくと、古い煉瓦造りのアパートが両側に建つ通りがある。番号だけでデジルの家を探し当て、一階のドアの呼び鈴を鳴らした。応答はなく、何度か鳴らし、ドアの中に向かって「デジル」と声を上げて叫んだ。足音は聞こえなかった。どこかへ出かけたのだろうか。電話はないから予告はしていなかった。長い棟なので反対側に回って確かめるのは難しい。野辺はしばらくポーチに立って、向かいの年代ものと思えるアパートの古い窓の造りを眺めた。マニア愛用の骨董品級の黒いモーターバイクが一台停めてあった。デザイナーの照明器具や家具の店、バイクのパーツを並べた店もある。通りがかったつなぎの若い男がポーチに立っている野辺に目をやった。

「すみません。デジルのことご存知ですか。ぼくはデジルの友人なんですが」

男は足を止め、デジルの知り合いと分かってポーチに近寄ってきた。

「デジルはポリスに殴られて怪我した。ショックで一歩も外へ出なくなったんだ」男は声を落として話した。

「なんでポリスに殴られたんです」

「ドラッグを疑われたんだ。ポリスの手入れがあった。デジルはこのアパートで唯一のインド人なんだ」

野辺は茫然として男の顔を見た。男は気の毒そうな目で野辺の顔を見詰め、返事がないのでそのまま歩道を歩いて行った。野辺はデジルのドアの白い番号「8B」をじっと見詰めた。デジルはこの中にいるのだろうか、もう一度ドアに向かい、厚い板をノックした。

「デジル、アサオ、アサオだ」繰り返し叫んだ。応答はなかった。

野辺は正面に停めてある旧式のモーターバイクの長いステンレスの排気管、黒いスポーク、銀色のエンジンに午後の光がまぶしく反射して、歩道に黒い影を落としているのを眺めた。野辺は思い出してスケッチブックを開き、鉛筆でバイクの形とその背後の煉瓦壁、がっしりとした窓の造り、そこに這う樋の影の線を引いた。誇らし気に光を反射させているステンレス、鋼、クローム鍍金した鉄は紙に収まらない。

野辺はもと来た道を引き返した。ロンドンの日はプロヴァンスの太陽よりも弱かったが、それは緯度の差よりもイギリス文化に馴染まされたためだろう。大きなプラタナスの枝は地面を歩く人たちを舞い上がらせるというよりも、静かに衣を拡げて保護している。それを突き破るのはバイクか人間か、太陽か。

「ハロー、見てって」肌の浅黒い女の子が野辺に声を掛けた。道端に立てたボードに花や風景や動物の絵葉書を一枚ずつビニールのサックに入れてテープで留めてある。普通の絵葉書よりは高い値が付いている。

「手描きだから少し高いの」

リトル・ヴェニスを描いたのがあった。野辺は小銭入れから銀貨を一枚取り出して一枚買った。つたない筆で運河に浮かぶバージを描いてあった。

II

蝉しぐれの森

四歳のとき、鎌倉から東京、大森の桐里《きりさと》に引越してきてから音の記憶が始まっている。引越しの日、四トン積トラックがありったけの家財道具を満載し、岡の上の道路の先の四つ角で家を探しあぐねているのを見つけたとき、おやじは玄関の外に出て口に両手を当てがい、「おーい」と叫んだ。大きな声は記憶に残るのかもしれない。

昼下りで辺りは森《しん》としていたので、声は葱畠の尖った筒先を飛び越えて四つ角まで届いた。大声を出すのには適さないひきつった音質は、その後もおやじが興奮して顎を大きく開けるたびに聞いたから、いまも消えることなく耳に伝わっているが、この顎が泳ぐ声を思い起こすたびに背中にさざ波が寄る。鎌倉で暮したころの音はなにも残っていない。この岡のずっと向こうの、低い山の松の緑に囲まれた海辺の小さな町だ。音は砂地に吸い込まれて跡形もなくなってしまった。そのなかで動き廻った小さな身体はいまは薄灰色の夢の面影だ。廊下で新品の三輪車を漕ごうとしても、尻がどうしてもサドルの上に乗らない。

鎌倉よりももっと田舎の、葱畠の縁の三軒の貸家の一つに引越してからは、ぼくの小さな身体は二つの岡に挟まれた浅い谷間と、その岡を越えて低い町までも動き廻る。叫び声や泣き声が隣の森のざわめきに混って、裏庭の共同ポンプのモーターの唸り音やベルトの舐める音、高い鉄のタンクから水があふれ落ちる音に打たれながら残っている。

こんどの借家は家のぐるりを歩いて通れるだけの地面しかなかったが、二階の縁側に出ると正面に大木が高く茂ったお宮の森が赤土の崖の上に残されて、そのトーカン森が子供たちの楽園であり、ときに大人も休みにきた。

夏の午後、おやじは口数少く昼食を食べ終ると、ゴザと麦藁帽と本を一冊もって浴衣姿で家を出た。森もその隣家の庭も蟬しぐれで、黙然と白い粉を吹いて立ち並ぶ葱の列とは対照的だった。男の子は鳥もちを竹の穂先にぬりつけて桜の幹に忍び寄る。おふくろは風呂の残り湯で下着を洗濯板にこすりつける。三時になるとぼくはおふくろにいいつけられて、冷蔵庫から出した牛乳の一合瓶をもってトーカン森へ登る。

お宮の参道の敷石をはずれて赤土の上に繁った笹の踏み跡道をたどり、本殿のうしろに斜めに伸びた松の大木の根元か、拝殿のまえを通って東の空の下に大森の海の陽炎を望む崖に近い、椎の大木の根元のどちらかで、おやじはゴザの上に肘枕で寝ていたり、幹にもたれて本を読んでいたりした。ゴザ一枚の部屋の端にぼくも坐って膝を抱えていると、黒い蟻があとからあとから登ってきて、足の甲や脛に這い上った。あぶら蟬の大合唱でほかの蟬の声は掻き消され、それを烏や百舌鳥《もず》が貫いて飛び交った。森の天井を支える柱は高く、梢が風を掃いて木の葉や皮を落した。

おやじはそこで黒いもっこりした布地に金色の光の筋の入った表紙の本を読んでいた。やわらか味のある紙に黒ぐろとした文字が埋まるように並んでいた。

「なんの本」

「こころのことが書いてある本だ」

「こころってなに」

「こころはな」おやじの浴衣の胸元に露れた白い肌に、それより少し黄色い日がまだらに揺れた。

「こうしていると気持ちがいい、ああ、生きていてよかったな、と思うことだ」

「蟻が這ってうるさいのも」

「蟻と一緒に生きていられるのは嬉しいことだと思うんだな」

おやじは半分よその人みたいだった。ゆっくりと、説教するように話し、ぼくの目ではなく、どこか空《くう》を見つめていた。こころを傷つけまいとして、小指の長い爪でページをすくうようにめくった。親指の腹でこすったりしなかった。

おふくろのこころは台所と風呂場にあった。呉服屋が反物をつめた漆塗りの籠を背負って訪れ、濡れ縁に面した六畳の間いっぱいに布地をつぎつぎと転がして拡げ、茶菓子を口に含んでお世辞たっぷりの長話しをするときだけ、おふくろの女ごころは商人のお愛想に乗ってにわか作りの客間にふくらむようだった。隣の家のおじさんのこころはいつも家族と一緒で、家の周りの片づけや掃除をしていた。

蝉の声がその後ずっと耳を離れなくなった。頭の芯で鳴っているのか、こころのなかに蝉が棲んだのか、年中、どこでも、止むことなく頭を包んで、それでうるさくないまでもこころのことを考えていられるのは、トーカン森で夏を送ったからだろう。おやじのこころはいまも松の根元の笹の間で、生きていられるのはありがたいことだ、とつぶやいている。幸せなこころだ。ぼくのこころは蝉の声でいっぱいだ。悲鳴なのか歓喜なのか、歓喜なんかであるはずがない。水晶時計のように一直線に張りつめて、鳴り止むことがない。トーカン森から蝉の声を受け継いでしまったのか、トーカン森に頭を置いてきてしまったのか。

ぼくの身体はいまも大森の畠や森や町を動き廻る。声も空中を飛び交っている。一度見知らぬ男の手に首を握られ、声が出なくなったことがある。市場の裏の空地にサーカスがきて、虎が炎の上がる輪を跳び抜けたり、熊がダンスをしたり、脚の長い少女が空中ブランコを飛び渡るのにこころを奪われ、ドラムとトランペットの哀しげなメロディーにこころを残して姉と天幕小屋の外に出ると、黄昏の地面に踊り子たちが白い太腿を剝き出して象小屋のまえに集まっていた。辺りが灰色に沈む旧街道の畳屋や下駄屋のまえの空を歩いていると、ぼくの首がいつの間にか無骨な手に握られて、それは身体を触わられたことのない他人の手だった。見知らぬ男は左手に筵《むしろ》を抱え、右手でぼくを犬のように連れていた。がさついた太い指の握力から逃れようと首をねじると、汗臭い男は、

「いこうよ」

とむっすりいった。

「うっ」と呻こうとしたが声が出ず、指の輪から首をこじいてはずし、少しまえを歩いていた姉の脇に身を寄せた。男は歩調をゆるめず姉の横を通り抜けていった。人さらいにさらわれるところだった。知らない世間の冷たい風に首を洗われた。指の輪の握力が長い間ぼくの首筋にまとわりついた。

七歳の四月一日に東京に大雪が降った。炬燵を出てランドセルを背負い、ゴム長を穿いて膝まである雪のなかを歩くのはつらい。

「学校へゆくより炬燵に当っている方がいい」といってぼくは泣いた。のけぞった声が上顎をえぐって空中へ押し出され、暖い白い息が鼻の孔の縁でもやもやした。声は一面の雪の原に吸われて、こうするしかないと思った。外に向かって身体の中身をぶちまける。ぼくは思いっ切り声を吐いた。

坂道を下り、橋を渡り、畠道を進み、家のある岡の坂を登り、バス通りを越え、家の密集した細い道を谷に向かって下りると、どんづまりに小学校の裏門があった。

部厚い樫材で組み立てられた教室の一番うしろの席にぼくは坐った。うしろの扉際にも、窓を開け放った廊下にも母親たちがいっぱい並んでいた。開いた窓の中ほどに見えていたぼくの母親のしかめ顔がガラス戸の向こうに動いて見えなくなった。ぼくはわっと泣いた。恐い顔がまた戻って「止めなさい」と叱る。ぼくは泣き止んだ。恐い顔がまた見えなくなった。ぼくはわんわん泣いた。母親を見失い、母親がいなくなったと思った。ぼくは教室の一番うしろの机に坐っており、うしろも横もよその母親たちがいっぱい並び、そこを掻き分けて探しにいくことはできなかった。泣くしかなかった。

その年の十二月に弟が産まれるのを聞いた。産まれる音が聞こえたわけではないが、襖を締め切った向こうにおふくろが寝て、産婆がなにやら手を動かし、おやじが脇に息を呑んで坐っている気配が秘密めいて、ぼくは襖のこちら側の暗がりで炬燵に入り、背中を丸めて、隣の部屋の押し黙った身動きに聞き耳を立てていた。自分が襖で目隠しをされたので、大人の怪し気な生の支度が、死の後始末と同じ、ただごとでない不自然さに包まれた。鎌倉の家で田舎から出てきていた伯父が死んだとき、急に姿が見えなくなった大男の身体を棺桶のなかに見つけた。伯父が無音で木箱のなかに寝ていたのでびっくりし、裏切られたと思った。

「なんだこんなところに隠れてたのか」

ぼくがそういったとのちに伯母から聞いた。覚えていない。

「うげー」

突然聞いたことのない声がした。いままでそこにいなかった声が「うげー、うげー」と繰り返した。「うげー」ってなんだ。人が一人殖えた。襖の向こうで生唾を呑んでいた空気がとけて、大人たちのほっとした声が低く交わされ、ぼくは尻の穴が浮いてきた。これはなんだ。ぼくの口からは声は出なかったが、生臭い白い泡が湧いてきた。

「ぼく」という名はぼくがつけた名前ではない。学校がつけた名だ。ぼくは「ぼく」ではなかった。それは外のみんなが使う、だれでもない名前だ。だれでも同じだ。ぼくは「ぼや」だった。親たちがぼくのことを「ぼうや」と呼んでいたから、それがぼくのことだった。呼び名がぼくだから、ぼくも自分のことを「ぼうや」といった。学校へ行くと少し長くて甘い感じがするので「ぼや」と短かくした。「ぼやねえ」というとみんな笑った。みんなぼくの家のなかでの呼び方を知らない、外の子供たちだった。

「ぼやはおかしいからぼくといいなさい」

眼鏡をかけた担任の男の先生がいった。ぼくはしぶしぶ、恥をしのんで、「ぼく」といった。そのときから、ほんとうのぼくの「ぼや」は失われた。自分でそう呼んでいたことさえ、つい最近まで忘れていたくらいだ。

ある日、四十代の担任の先生――そのくらいの歳にぼくには見えた――がぼくを教卓に呼んで、「和気、明日までに髪を刈ってきなさい」と申し渡した。教室で坊っちゃん刈はぼく一人で、友だちはみんな坊主頭だったが、慣れていた。ほかの組も見渡して、自分の組に坊っちゃん刈の生徒が一人いることを苦にしていた担任の先生が、外の目でぼくを見ていったのだ。

スフの白布を首に巻き、おやじが鋏を開いて、額にかかる前髪を切り落した。バリカンの鋼の刃が長いすなおな毛を刈り、不毛の地肌を剝き出していった。膝の間に拡げた白い光る布に黒い髪の束が散って、ぼやの坊っちゃん刈頭は掃き捨てられ、青白い虎刈坊主頭が残った。形が少しずつ違うだけで、みんな同じ丸刈頭になって、国民学校の生徒になり、黒い上衣の左胸に名前と住所と血液型Aを墨で書いた、校章の刺繡入りのラベルが縫いつけられた。

　頭が寒くて風邪を引き、肺炎になった。弟が産まれた辺りの畳の上に布団を敷き、天井を向いて息が絶えそうだった。かろうじて息を吸うたびに肺のどこかでひゅうと音がした。空気はわずかしか入ってこない。胸が小刻みに拡がらなくなったら、ぼくは死ぬ。死ぬことはどういうことか知らないが、「死にそうだ」と叫んだ。死にたくないとは思わなかった。ただ苦しいのが苦しい。胸がこんなに狭いなんて、息が足りない。

　おふくろと人力車に乗り、車夫は長い柄を取り上げ、ゆっくりと夜の道を歩み出した。一歩一歩、長い急坂を足首と膝でこらえて下った。道の窪みに車輪が入るときは、なおゆっくりと間を取り、車が一方へかしぎ、やわらかいチューブのなかの空気がたわんで、身体が弾力に包まれ、水よりも伸びのある空気圧で尻が、ついで肩がぐんなり遊んだ。こんなうっとりする乗り物に乗ったことはなかった。揺り籠もブランコも硬い。おふくろの胸は薄くて、こんなではなかった。身体の肉が覚えたこの弾力の味はその後もずっと忘れられず、これに較べられるものがほかにもあるのを知ったのは、ずっと大人になってからだ。やわらかいゴムの袋に閉じ込められた空気に身体の芯から抱かれて、肺のひきつれが癒えてゆくようだった。そのとき初めて、ぼくは胸の奥の深い苦しみを知った。それは息の根元にあって、いま生きるだけでなくその後も生き延びるときに、なんども凝りがつかえる場所だった。

「たすけて」

そのことばのために薄い短い息をなんどか割いた。苦しくて止めて、あとは喘ぐ音で訴えた。それ以後ぼくはそのことばを発したことはない。助けてくれる人もいなく、助けてもらえないこともわかったし、自分で耐えるしかなかったからだ。死が近づいてくると知ったとき、だれかにそういうだろうか。いう人はいない。いっても無駄だとわかっているから。それでもなお、止むに止まれず、「たすけて」と居合わせる人の背後の空《くう》に向かって、叫ばないにしても、つぶやくだろうか、神に祈るみたいに。雪山の上で死と向かい合ったら祈るだろうか、無意識に、空に投げる。

戦場で若い兵隊が死ぬとき、「おかあさん」と叫んだという。自分が仏になるのに、「ほとけさん」と呼んでもしかたがない。「おとうさん」がなにを助けてくれるものか。

おやじがおふくろを抱くのは見たことがなかった。大人がそういうことをするものだということは知らなかった。おやじは家を支える柱で、おふくろはそのなかで三度の食事を作った。家族五人が囲んだ卓袱台につゆと飯がつがれてから始まるおやじとおふくろの喧嘩は一家の惨事で、ぼくはそこにいないけどいて、いてはいけないけどいて、いるしかなくていた。泣くことはなかったが、右の耳と左の耳が目に寄って筒抜けになり、おやじの怒鳴り声とおふくろの金切り声が蝉よりも大きく頭の芯を掻きこすった。

「和《かず》の勉強ぐらい見てやって下さいよ、暇なんだから、蝉や鳥ばっかり追っかけて、宿題だってあるんでしょう、本ぐらい一緒に読んでやってくださいよ」

「本は自分で読むもんだ、それくらい教えてやってる」

「いくじがないのはあなたが男らしくないからですよ」

おふくろの甲高い愚痴がついに我慢の縁を越えると、おやじの端正な顔に似合わない罵声が、水気が涸れてこわばった喉から、いく分上ずって飛んだ。

「うるさいっ」

同時に小さな卓袱台はあっさり傾けられ、まだ一口二口手をつけたばかりのつゆ椀も飯茶碗も芋の煮物も鰯の皿も醤油注ぎもろとも畳の上にこぼれ落ちた。口に入るはずだったものはおふくろが始終雑巾で拭いて埃の手触わりのない畳の上の惨めな残骸と変り果て、おふくろはおやじの打ちかかる長い手を逃れ、三人の子供を抱えてガラス戸の外へ出るが、そこは幅の狭い濡れ縁で、おやじの姿の見えない端は四人の足を載せるのがやっとだった。板塀には木戸がなかったから、はだしになる覚悟をしても、それ以上出ていくところはなかった。

おふくろの苦労はわかったが、食事どきの甲高い愚痴がついにおやじの我慢の限界を越えることもわかった。二人がそれぞれ相手をどう思っているのか、考えは及ばなかった。二人は別べつに前を向いて、違う歩幅で歩いていた。おやじは背が高く、心臓に負担がかからないようにのっそり歩き、おふくろはせかせかと歩いたが、それでも追いつかず、おやじはときどき立ち止まってておふくろを待った。たいがいおふくろの歩いている円の外側をおやじは歩いていて、互いに触れ合うところがなかったから、ときどき悲鳴を上げ、怒声で呻いて相手をたしかめ合う必要があったのだ。

　ぼくはいつもブランコの斜めの支柱のそばに立って、コの字型の木造校舎と銀杏並木に囲まれた校庭のこまかい砕石を敷いた地面を、学校中の男の子と女の子が入り乱れて遊んでいるのを眺めていた。細い声が一定の高さにうなりを上げて、瓦屋根の上の白っぽい空に舞い上るのを聞いて、なんであんなにわめくのだろうと思った。みんな一斉に口を開いて喉から声を出し、そのまま口を閉じないようだった。ぼくは口を閉じて鼻くそをほじった。鼻の孔に少しでも息をさえぎるものがあると気になって、右の人差指が鼻の孔に吸い込まれた。左手はズボンのポケットに入り、肩はブランコの支柱に身体の重みの一部を預けていた。草叢も木の枝もない運動場は退屈で、人ばかりが多すぎた。ぼくは大勢のなかから、いつもひとりの女の子をすぐに見つけ出し、その締った尻と生きのいい脚が跳んだり走ったりするのを目で追っていたが、それは森のなかの獲物のように決して手に入ることはなかった。ぼくはその手に入ることのないものを何年も追い続け、やがて一生追い続けることになるとは知らなかった。

　その女の子が住んでいる庇の深い西洋館を西の岡の中腹に毎日朝夕眺めながらも、その子を家の門まで追いつめることはしなかったが、ぼくはべつの岡の坂の上の大きな日本家屋に住んでいる男の子に追いつめられた。年も背も大きく、走るのが速く勉強もできた。学校が終ってどの道筋を通って帰っても、その子は必ず小さな四辻でぼくを待ち受けていた。大きな玄関から家に上げられることもあったが、お手伝いのおばさんがいるだけで、薄暗い廊下にも応接間にもその子の居間にもお母さんの姿は見えなかった。帰るとき、その子はぼくを坂の下まで一人で歩かせ、そこに立っていろと命じた。恐ろしくて逃げることもできず坂の下に立ち、正面にそびえる家が西空を背に陰り、門の松の梢も汚れ綿の冠になっていくのを仰ぎ見ていると、やがてその子は空気銃をもって玄関口に現われ、門の扉のまえに両足を開いて立ち、銃床を肩に当て、銃口をぼくの顔に向けた。小さい黒い孔がぼくの目を狙っているのが見えるような気がした。その子は片目をつぶり、もう一方の目は息をつめて銃口の奥にひそんでいた。ぼくは鳥よりも大きくて動かなかった。なぜぼくを狙うのだろう。そこから一歩動きさえすれば標的から外れるのに、身動きできずに立っていた。逃げたら、明日はもっと恐ろしい目に合うだろう。小さな鉛の弾が胸に当って一瞬熱くなる方がましだ。なす術もなくやられるままになり、ああやられてる、とあきらめ、胸の痛みにじっとこらえながら、そこから立ち直る方策を考える。ぼくは自分の弱味を餌に下げてわざと相手をおびき寄せ、人に食いつかれるチャンスを作っているとは知らなかったが、いじめられる涙が胸に込み上げ、頬を濡らし、首を伝って身体に浸みていくとき、むせぶような甘さがあることを知らずに知っていた。

弾は飛んでこなかった。日暮れた道を運動靴で踏みしめて歩くと、猫じゃらしが足首をくすぐった。そこがぼくが生えている地面だ。

アメリカの飛行機はまだ飛んでこなかったが、麻袋に錐《きり》や鉋《かんな》や鑿《のみ》まで入れて集団疎開の列に入った。山の中腹にある寺の本堂で毎朝起床太鼓を叩き、境内で号令をかけ、参道を駆け下り、舗装道路を走り、町はずれの神社で体操をし、また走って寺へ帰り、すいとんを食べた。冬の朝、霜の下りた舗装道路は冷たかった。一人、運動靴のない子がいた。身体が大きく、勉強ができなく、すぐ泣く子だったが、走るのは速かった。ある朝の帰り道、途中の煙草屋の店先からおばあさんが走り出て、「あんたはいつもはだしで走ってるから、これを履きなさい」といいながら藁草履を一足その子に手渡した。

翌朝、その子はおばあさんの編んだ藁草履を履き、踵ははみ出したまま走った。

海辺の漁師の町にも空襲警報が鳴るようになり、教科書の入ったリュックサックと水筒をもって横穴式の防空壕に避難した。壕の入口から編隊を組んだ飛行機の音がのどかに聞こえた。

二月に寺の方丈に通じる廊下にぶりが一本おいてあった。銀色の胴がぴんと張って魚雷のようだった。夜本堂のテーブルに坐ってみんなぶりの刺身を食べた。

冬の午後の日だまりに筵を敷いて、交代で散髪をした。友だちの固いいびつな頭を虎刈にしながら、こんなにのんきなことをしていて中学に入れるんだろうか、とぼくはぼんやり思った。ＡＢＣも知らなかった。

東京に帰る日がきた。前日女の子たちも別の寺から合流し、東京行の列車に乗るために、乗り換え駅のある大きな温泉町の旅館に泊った。毎週土曜日の午後先生に連れられて通った、松林の海岸の向こうの岬の陰にある田舎の温泉旅館よりもずっと大きかった。タイル張りの大きな円形の風呂からもうもうと湯気が立ち、壁際の岩棚には逞しい大人の男たちが並んで坐り、銅色の筋肉の瘤から汗粒が流れていた。いつもは明るい午後に子供たちだけで、プールの水より透明な湯に入っていたので、夜、電灯が湯気でおぼろになり、よその男たちが群がるなかをよどんだ色の湯に浸るのは怪し気な臭いがした。

じきにぼくらは犬ころのようにはしゃいでいた。東京に一歩近づき、大人たちの旅館に泊り、夜の温泉の湯煙りにまぎれた。坊さんも先生もいない。

「おい、そこの、きさま、こっちへこい」

岩棚の大人がだれか呼んでいた。

「きさまだ」

振り向くと、正面に両足を開いて坐った男が胸を張り、精悍な目つきでぼくを見据えていた。坊さんや先生とはちがう、なにか思い定めた、いさぎよい顔をしていた。「ぼく」という目でぼくはその男の表情を窺った。

「きさまだ」

男はぼくの目を目で貫いて言った。

「こっちへこい」

ぼくは湯のなかを歩いて男のまえに立った。男の股の間の毛は燃え立って、その奥から太い肉棒が真直ぐ伸びていた。

「きさまはいい面《つら》をしてる。きさまは見込みがある。ふざけたまねをするな。きさまにはやることがある。いいか、おぼえておけ」

胸まで湯に浸っているのに身体が硬くなって、その男がぼくに命令する顔から射出される、坊さんよりも先生よりも強い臭いのすることばのとりこになった。

「おれは明朝七時にここから列車で出発し鹿児島へゆく。鹿児島の空軍基地で水盃を飲んで戦闘機に乗る。爆弾を積んで敵の軍艦に突入する。今夜が同期の桜と過す最後の温泉だ。きさまにいったことはまちがいないぞ。おれの遺言だ。明朝出発まえにおれの銀時計をきさまにやる。おれの形見だ」

男は生き神のように不動の姿勢で岩に坐り、酒のせいか湯気のせいか、黒目のまわりがいく分のぼせ気味に赤らんで、ぼくの小さなこころに息を吹きかけた。湯気の立ち昇るなかで背中に冷や汗が流れ、膝が震えた。

その夜ぼくは熱が出た。大広間に並べて敷かれた蒲団は畳の下から温泉で暖まって、仲間は平たく眠っている。明日ぼくらは東京の親の家へ帰る。あの男たちは鹿児島へ出発し、特攻機に乗り組んで二度と帰らない。朝、ほんとに銀時計をくれるかな、すごいもんだ、みんなに見せてやろう、だめだ、かくしとかなくちゃ、ひみつにしとくんだ、かたみだから、ぼくしか知らないものだ……

朝、七時過ぎに、旅館よりも高い山の中腹にある線路を汽車がにぶい車輪の音を地面にこもらせて通り、トンネルに入るまえに茫と汽笛を鳴らした。汗に濡れた寝巻が背中にも胸にも張りついて、ぼくは蒲団のなかで棒のように硬直していた。

東京はその夜大空襲で、東の空が赫く灼けた。

口をきかない影

頭に穴を空けてガーゼが詰められた。ガーゼの分だけ頭の分量が減って、頭を枕から上げようとすると天井がぐらりとした。ぼくはまだ本が読めるだろうか、ものが考えられるだろうか。手始めに小便を出そうとした。尿瓶《しびん》の冷いガラスの大口を股の間に差し入れ、下腹をきばっても一滴も流れてこなかった。頭の芯ばかりが痛んで、耳のうしろから汁が流れてきた。活動するとは身体を垂直にして、重力とバランスをとることだ。身体を水平にしていると悪い夢ばかり見た。頭の穴が筒抜けになって人の声が通り、中で反響して笑うのだ。自分の声が聞こえなくなってしまった。頭は外部には塞っていなくてはいけない。それともぼくの頭はもともと蜂の巣のように孔だらけで、子供のときに遊んだトーカン森の虫や鳥や葉ずれの音がいっぱい浸み込んだままになっているのかもしれない。きっと孔と孔の間の壁が壊されて、大きなひとつの穴に開いただけなのだ。トーカン森のざわめきではなく病院の叫び声や呻き声が、外のバスや電車の騒音と一緒にもろに耳のうしろの穴から頭の芯を叩くようになった。繃帯でしっかり頭を塞いでいるしかなかった。

「ワケさあん、ちゅうしゃですよう」

耳鼻科の看護婦がいつもの明るい声で白いカーテンを寄せて入ってきた。その声を昼下がりの回診のあとにもう一度聞ける日は幸せだった。空気に乗って届いてくるその声は、小学生の六年間ずっと胸に焦がれたお洒落な少女の通る声よりも甘く、辺りが沈んでいるときでも声だけ生き生きと歌っているようだった。叱るとき以外は聞くことのないおふくろの険しい声と、それに抗弁する姉の細高い声が家の中で聞く唯一の女の声だったから、ぼくはたちまち甘い女の声に夢を誘われた。ぼくの生活にはない色のある呼び声は、華のある空想にぼくを浮ばせた。声を聞いて女を好きになる癖はそのとき始まったのかもしれない。傷んだ胸の薄皮をいたわってくれる女の柔い声ほど男の心を吸い寄せるものはない。そのころはそんなしびれる声で弾き語る歌を聞くこともなかったから、「ワケさあん」と優しい女の声で名前を呼ばれるだけで、「愛してるわ」と聞こえるのだった。羽の地味な鳥でも、美しい声で「ワケさあん」と呼んでくれたら、ぼくはやっぱりその鳥を好きになっただろう。

「あの看護婦さんの声はきれいだね」

ぼくは見舞いにきたおふくろに同意を求めていった。同意をえてその声の魅力をたしかなものにしたかった。

「あんなきつい顔をして」

おふくろは即座に退けた。ぼくはびっくりしておふくろの険のある目を見た。あの目元の涼し気な看護婦が、おふくろにはきつい顔を見せることがあるのだ。ほかの患者の治療をしているとき、主任の医者の横顔を睨んでいたことがあるのをぼくは思い出した。

「ちくっと痛いわよ」

ぼくの右腕は男のくせに情けないほど細くやわらかになっていた。

「中山さんはなんていう名前なの」

看護婦と話をする時間はほとんどなかったから、注射をするわずかな間をとらえるしかなかった。

「あたし、自分の名前きらいなの」注射液が、熱く右腕の筋肉の中に押し入ってきた。「あたし、〝よね〟っていうの」

すぐに「米」という字が頭に浮んで、ぼくはその看護婦の母親のことを思った。赤い口紅と白い両の頰に「米」の字は合わなかった。そのひとが榛名山の北側の小さな村の出だということは聞いていた。稲が実るのを願って親は娘に名をつけたのだろう。

「おだいじに」

看護婦は白いズックのハイヒールの木の踵をセメントの廊下に鳴らして遠去かった。そのハイヒールの布地が汚れて灰色になり、踵がちびて布の縁が裂けてくると、そのひとはほかの看護婦よりも早く新しいのに穿き替えることをぼくは知っていた。そのひとが白い木綿のストッキングを膝の下でたるませることなく、いつも脚にぴったりつけて穿いていることもぼくは知っていた。

糊のついた白い制服がほかの看護婦よりも細身で、三日ごとにこまめに取り替えていることも知っていた。そんな小さな知識を蓄めることで、ぼくはその看護婦を自分の手のなかに収めようとした。

ベッドで寝て暮らすうちに、ぼくは目で見て知ることは所有することだと思うようになった。知るだけのものは手に触れることができない。見ることは手に触れるのと同じだ。ともに身体で受け止める。見るものは、望めばいつか手に触れられるだろう。だが見るものはごく限られていた。縦長の窓ひとつと、廊下に面した戸口だけで、その向こうには中庭を隔ててべつの窓枠が見えた。

学校へいかないでいるうちに、ぼくは原子や中間子や星雲に興味がなくなった。小学校の一年生から目はなによりも同学年の利発な女の子の顔と脚に向いていたのだが、中学で元素の周期律を教わって以来、ぼくの頭の森の奥で、この世界を作っているものの本質や、夕方谷間の畠に白い霧が棚引く現象や、夜空に瞬く星の彼方の闇の世界を追求するようになっていた。頭が傷物になって人に遅れをとると、心は地上の人間の共感を求めてさまようようになった。

姉が自分の本箱から岩波文庫の『即興詩人』上下を選んで病院にもってきてくれた。ぼくは入院するときもってきた物理化学や量子力学の本を手術後は手にとらず、鷗外の擬古文の物語に熱中した。数奇な運命をたどるアントニオになりきって、ローマのボルゲーゼの館の窓から、庭園の木陰に美しいアヌンチャタの艶やかな姿を眺め下ろし、毛布の下で身体中に熱い体液が脈打つのに身もだえた。

起き上っても目まいがしなくなると、ぼくはベッドの上に坐って、日が暮れるまで窓の外を眺めた。病院の万年塀の向こうは屑鉄の回収所で、ありとあらゆる鉄屑を枠に入れ、上から鉄のブロックを落下させて直方体に整形し、敷地の隅に山積みにし、もう限界だと思われるほどになると古トラックがきて、荷台に垂直に積み上げ、ゆらゆらと運び出していった。なまこ板や水道管やコンクリートの鉄筋や一斗缶が圧倒的な鉄塊に打たれ、潰されて、四角い形に固められていくのを眺めていると、それは美しい形体には見えず、怨念と苦難の塊りだった。

屑鉄回収所の隣の小さな空き地が整地され、ロの字に浅い溝を掘り、よいとまけで固め、古い土台石を並べ、古木《ふる》の土台の上に古木の柱が立てられた。やがて四角い平屋の屋根の下地ができた。大工がぼくのところからは見えない釘を腰袋からひとつかみとり、仰向いて舌をいたわるように口に含み、見えない舌の先で釘を頭から一本ずつ唇の間に送り出し、唾液に濡れた釘を金槌の柄をもった右手の指で抜きとり、左手で押さえた白い木端《こば》に差し込むや一回叩いて打ち込む素早い技量に、ベッドに坐ったままのぼくは見とれた。いまぼくにはなんの力もなかった。

秋の日が夕靄に包まれて、瓦の載らない古木の新築家屋は屋根だけ新しい木肌の湿りをたたえて、穏やかなお堂のように暮れていった。病室の明りもつけず、ぼくは小さな木端葺きのトントン屋根を目で撫でた。

頭に繃帯をぐるぐる巻いて、日曜日も休まず病院に通うのがぼくの日課になった。人絹《じんけん》混りで滑りやすい繃帯は耳の下にずれて、耳のうしろの穴に詰めたガーゼが覗いていることもあった。異様なかっこうを人はめずらしそうに見るだろう。初めは自分の姿を外から見るように、周囲の空気を目尻で窺いながら歩いていたが、毎朝同じ道順を歩いていると、トタン張りの寒そうな家や、赤錆びた鉄工場や、ガラスのない焼けビルのわきの砂利道は自分の領地になり、繃帯頭で定時に通るぼくもその一部になった。

走る車もない六間道路を踏切に向かって歩いていると、大きな鉄管を一つ載せた荷馬車を曳く黒茶の馬が、ぼくのまえへきてとつぜん両前脚を高く上げ、部厚い黒唇の間から陶質の長い黄歯を数本剝き出し、悲愴な喉音でいなないた。埃に沈んで人気のない辺りの空気がひひんと割れた。ぼくは思わず両手で繃帯を隠して頭を背けた。色黒の馬方が必死で手綱を引いて怒鳴り、暴れ馬を鎮めようとした。馬方はぼくの方は見向きもしなかったが、馬の大きな黒目が二つ、白目の中でぼくを睨んでいた。車輪が道路の穴に落ち、積み荷の大鉄管が割れ鐘のように鳴ったので、馬は尻を襲われたと思ったのだ。

その先に大踏切があった。京浜東北線と東海道線が走り、踏切番は列車の通過時刻が近づくと煤けた番小屋から出て線路のまん中に短い足を踏んばり、ブリキの筒を両目に当てた。はるか彼方から接近する列車の影と速度を見極め、ここぞという瞬間素早く鉄輪のハンドルを回し、ワイヤーの遮断機が降りている時間が最短ですむように計らった。だれもいなくても黙々とこなしているその早技を見ているのは気持よく、一分のむだもない動作は職人芸だった。だからぼくは二十両もある貨物列車が踏切を踏んづけて通りすぎるのを待つ間もいやではなかった。運がよければ、東海道線に一両だけある流線型の電気機関車が、チョコレート色の車体に細い金筋をつけてピーッと走るのが見られた。

ぼくはそこを毎朝十時三十五分に通った。ほかに通る人も車もなかった。ある日、遮断機を上げ終ると踏切番が小屋から出てきた。日焼けした小さな顔にぎこちない同情の色を浮べ、踏切を渡ってくる繃帯頭に近寄った。

「たいへんだね」

それはぼくにとって他人が発するタブーのひとことだった。それまではぼくの領地で、馬以外に侵入するものもなかった通い道が、一瞬のうちに他人のものになった。首の下から血が集まって繃帯頭に昇り、脈打ち、足の尖端目がけて一斉に落ちた。

「ええ」

やっとひとことつぶやくとぼくは目まいがし、踏切番のとまどった顔つきを耳のうしろに意識しながら足早に遠去かった。

それきりぼくはそこの大踏切を通ることはなかった。そこより病院に近い線路の土手に石段のついた、遮断機のない小さな踏切があった。枕木を並べた細い通路に立って左右を眺め、自分の目で列車のこないのをたしかめて渡った。東海道線の線路はひとりでまたぐと凄みがあった。だれも見ていないのに膝の骨がぎこちなくなった。線路の土手を下りると工場の焼けビルの横に通じる淋しい道筋で、そこをすぎて右に曲ると病院の裏手に出た。木造の病棟のわきの草叢を覗くと、地面に兎が一羽寝て、その腹が震えていた。実験用の動物かと珍し気に立ち止まると、灰色のまだらな腹は何千匹という蛆虫の塊で、それが食べ尽くした兎の腹の窪みに、腹の代りに膨らんで波打っているのだった。ぼくは地獄を見たと思った。死が生を偽って生きている。

病院の下足番の婆さんはぼくの顔を覚えた。入口の床に揃えて出してくれるゴム草履に十円銅貨を渡そうとすると、手を振って受け取らなかった。無表情な他人の大人の世界で人知れず生きていると思っていたぼくが、少しずつ人に知られていることがわかると、ぼくが大人の仲間入りをしつつあるのか、ただ同情の対象になっているのか、どちらともつかなかった。

セメント床の待合所はベンチに坐っていると、ゴム草履の裏から寒気が上ってきた。細長い鉄枠の窓から真白い頂の富士山を西の地平線上に眺めたり、コンクリートの剝げた柱のひび割れの線を目でたどったり、大人の患者に話しかけられるのに答えたりした。自転車工場で働いているという四十ぐらいに見える男がいた。

「どうして日本の自転車は黒ばっかりなんですか。自動車も黒だし、どうして外国のように茶とか赤とかのはないんですか」

アメリカの雑誌の広告に載っていたスマートな海老茶の自転車に魅せられて、鉛筆でスケッチしたほどなのでぼくは訊いてみた。

「黒の方が塗料が安いんですよ。調合が楽なんです」

男はぼくに同意して説明した。値段の話を聞いてなっとくした。男はぼくの齢も学校の名前も訊かなかった。頭に繃帯しているだけでぼくがなにものかわかったから、男はべつの話をした。

「日本はまだ貧しいですからね、色はぜいたくなんですよ」

セメントの床と壁の病院で、色といえば白と灰色しかない診察室へ通っているうちに、ぼくは無性に色に憧れた。『即興詩人』の世界は南国の緑と青と、それに橙と黄が点在していた。はるかに見える富士山は白く、家へ帰る途中の風景も灰色か鉄錆色か白茶けた黒で、草まで古い藁の色をしていた。人の着るものも色褪せて埃っぽかった。GIがダーツの入った軍服の胸ポケットから長い二本の指で器用に取り出す煙草のパッケージやキャンディーの包装は目まいを覚える鮮やかさで、日本のくすんだ街がアメリカの派手な色彩と音響に侵蝕されていくのを見ると、昼間も目をくらますダンプカーのヘッドライトのまえで立ちすくみ、ぼくはどちらに身をおくべきか、繃帯頭を垂れて思案した。

母親の反物を巻いていた黄の木綿の端切れでアルミの弁当箱を包み、赤のレザー表紙の紙挟みを買い、それを緑のブックバンドで十字に縛り、紫がかった紺のズボンに白いセーターを着、久し振りに電車に乗って学校へ行ってみた。磨き出しの石の階段を三階へ登ると、その角の焦茶の羽目板と薄汚れた漆喰壁の中がぼくの組の教室で、引き戸は開いたままで、友だちの顔が教師の方を向いているのが見えた。五か月振りにしてはあまり変っていなかった。ぼくだけが先に何年

か齢を取り、大人の世界に足を踏み入れた気がした。悪びれもせずに教室に入ると、

「あっ、和気がきた」

と教室のあちこちで驚きの低い声が上がった。ぼくは廊下側の前から四つ目の、そこだけ空いている席に馴れた仕種で坐った。ぼくがいない間もぼくの席がそこにあって、ぼくを待ってくれていたことが少し嬉しかったが、ぼくの心はもうその机の上から離れていると感じていた。そこにずっと、自分の見えない代理が坐ってノートを取っていたみたいでもあったが、自分はもう手術前の自分ではなかった。自分は大方教室の外へはみ出して、小説の中で異国体験をしているうちに学校を卒業してしまっていた。それは自分がそれとなく自分に別れを告げた最初であり、まだ見えない自分の姿をおぼろに見た最初でもあった。

国語の教師のとんじの坊主頭がちらとぼくに目をやり、『奥の細道』を経文のように朗読し始めた。その声は御殿場に集団疎開した農家の畳の上で聞いたときは土の臭いがしたが、石の建物の教室では学校の臭いがして、ぼくはすぐに廊下に出たくなった。空襲の焼け残りのコンクリート剝き出しの病院は消毒薬の臭いがしたが、そこは教師がいない分だけ自由で、ぼくは世間の人と同等に扱われた。学校のほかに通うところのあるぼくは学校にだけ忠実になれなくなり、そこから半分自由になることに慣れた。年上だが、男の友だちよりも身体ごと惹かれる女もひとりいた。白く化粧した頰と紅をつけた小さい唇と、いつも湿っぽい赤らんだ手と、白い木綿のストッキングを穿いた脚しか見たことはないが、糊のついた看護婦服は肌のすぐ近くにあった。ぼくは

白い木綿の生地の下に胸の小さなふくらみや腿の微妙な曲線を透かし見ることはしなかった。女の目元が優しくほころび、明るい声で名前を呼んでくれるだけでうれしかった。診察台に身をあずけているとき、ぼくの左の腕に胸がやわらかく触れるだけで幸せだった。

十二月に三人の友だちに手紙を書いた。話したいことがあるからうちにきてくれないか。同学年でぼくが尊敬していた三人で、ロゴスは山の手の英会話学院に通って、甘いなめらかな声で英語を発音した。産毛が浮いた肌の顔の上に、陽に当ると茶がかって光るやわらかい髪がのっていた。福助は大福顔だが誠実で勤勉だった。ぼくがヴァカーリというイタリア人の書いた『英文法通論』を買いに白金台の著者の家を訪ねたら、あとでそれが福助の家だとわかって、ぼくのために本の折り返しにサインをしてくれたヴァカーリと一緒に、福助も好きになった。牛蒡《ごぼう》は数学の天才だった。絶対に計算まちがいをせず、中学二年で微積をこなしていた。色黒で、煤けて見える太い睫毛の下からいつもまぶし気に細く開けた目で相手を見、穏やかに喉の奥で笑うと、白い歯が横に整列し、黒目が照れた。

おふくろが二階のぼくの部屋にすき焼鍋を用意してくれ、燗をした酒もついた。

「話ってなんだよ」

「おれ、一年休学することにしたよ」

「もったいないよ。とんじに訊いたら、学年末に特別試験を受けさしてくれるから、それに通れば進級できるっていってたよ」

福助が励ました。

「おれ、三分の一以上休んだから」

「出席が足りなくても成績がよけりゃだいじょうぶだよ」

牛蒡が肉色の薄い唇で方程式を解くようにいった。

「このまま休んでいたくなったんだよ」

「ひとりでうちにいたって退屈するよ。友だちに会えないし」

女の子にもてるロゴスが忠告した。

「それはそうだけど、このままひとりで本を読んでいたくなったんだよ。それも居心地がいい気がして」

酒で舌が軽くなって、ぼくがつい本音をもらすと、みなもうちにもっていながらそれを口にすることは夢みたいな考えをいわれたと思い、黙った。心をよぎった思いが三人の額に浮んで消えた。

「そんなことできるなんて、うらやましいな」

牛蒡が渋そうに酒を舐めていった。

「でも、一年て、大きいぞ」

まじめな福助が先を読み、兄のように、一語一語、明瞭に、大きな口を開け、舌を湾曲させていった。

「和気はほんとうはひとりになりたいんだろう。ぼくたちから離れて。くだらないもんな」

ロゴスがなめらかな声で投げ出したのでぼくはぎくっとした。すぐに返事ができなかった。人にいわれて自分でもなっとくがいったが、そうだとはいわなかった。


翌年の四月、耳のうしろに絆創膏でガーゼを留めてぼくは一年下の組に入った。まえの学年よりもみんな気楽な顔をしていた。おまけに新制高校に変って、いままではいなかった女子が七名混じっていた。半年間学校に行っていなかったが、教室で教わることはみな一度やったことで退屈した。机の上でジッドの『田園交響楽』を読んでいると、いかにも勤人ふうな新任の数学教師が見回りにきて、人差指でぼくの岩波文庫を指した。本の下からとっくに解いてある方程式の計算を出してみせると、教師はさっと教壇にもどり、黒板に解答を書き始めた。

もうひとり、一番うしろの席の机の下でドストエフスキーの『罪と罰』を読んでいる背の高い男がいた。東大の哲学科を出たばかりの舌の長い英語の教師がこんどは哲学を教え始めた。ぼくが初めて一番前の席で夢中にノートを取り始めると、中ほどでおしゃべりする生徒がいた。長舌の教師が舌をぺたつかせて「立て」と命令した。大きな目のひょうきんな生徒と抜け目のない目つきの生徒が首をすくめて机の横に立った。長舌は黒板にデカルトの松果腺を表わす怪し気な図を書いていた。『罪と罰』を読んでいたノッポが厚い世界文学全集を机の上において立った。早口の低音をびんびん響かせて長舌を諭し始めた。

「先生、なぜ立たせるんですか。ラスコーリニコフは老婆を殺したけれどそれには合理的な理由があったので、罪というものは……」

「ああ、もういい、もういい、坐れ」

長舌は中広い舌の両端を唇にぶつけながら匙を投げた。ぼくは『罪と罰』はすでに読んでいたからちょっぴり優越感を覚えたが、立ち上って教師に意見をいったノッポの勇気にはシャッポを脱いだ。

生徒がだんだん教師を上回ることをいうようになり、それが授業のたまの緊張感になったが、たいがいは坦々と続く干涸びた教師用知識の羅列で、それを我慢しているとこちらの脳細胞がたるんでいくのがわかり、ぼくは苛立った。とりわけ担任の人文地理の教師の日本史は辛抱がいった。髭の剃り跡からつぎの髭が覗いている長頤の先でのんびり語られる農民一揆やええじゃないか運動は、遠い田舎祭の風習に聞こえて、その囃子ことばはなかなか卑猥だったらしいと、ひとりで頤をゆるませたが、かんじんの卑猥な文句は教えてくれなかった。それをこそ教えてくれたら、梅雨空の午後のだれた教室の空気はいっぺんに元気づき、生徒の目からも耳からも光が射したにちがいない。

ぼくは授業をさぼって、廊下の奥の北側の音楽室にある古いグランドピアノの鍵盤を叩くようになった。中学に入った当座は、「城ヶ島の雨」の作曲者だとはずっとあとになって知った河馬が重厚な音調で教えていた。上野の〝オンガーガッコウ〟の話をよくし、スコットランド民謡の「蛍の光」の原歌をひとりひとりに熱心に教えてくれた。この歌を原語で歌えるのはその後ぼくたちの誇りになったが、いつも隙のない黒服の身だしなみで、油でなでつけたオールバックの長髪がうしろの襟に触れる直前にしゃくれ上っている風格は悪童たちのからかいの的だった。朗々たるバスの音声は悪童どもの腹にも響いた。

新制高校になって若い女の音楽教師がきた。花柄のワンピースを着て、色白の頬の上に金縁の眼鏡をかけ、パーマのかかった髪が帽子の縁のように広がっていた。女の先生といえば女高師出の、独身だが慈愛に満ちたお母さんふうの生物の教師ひとりだったから、音楽の時間はくすぐられるように華やいだ。

「米軍相手のキャバレーでジャズピアノ弾かされて往生しちゃった」

授業の空気が少し堕落した。

だれもいない音楽室でバイエルピアノ教本を開き、爪が剝げて黒く汚れた鍵盤を叩くと、曇った音が磨き出しの廊下を滑って、日本史の授業の教室まで流れ込んでいくのがわかった。ピアノを弾くことは小学校時代からの憧れだったから、そうやっていると遅すぎた満足感が湧いてきたが、それよりも友だちが授業を受けている最中にぼくはそこにいなくて、みんなに聞こえるようにピアノを叩いていることに、ひねた自由の快感があった。試験のときに、人よりも早く、できれば一番に答案を出すときのあの優越感だった。そのささやかな解放感を繰り返し味わっているうちに、ぼくはいつの間にか、その後手放せなくなる自由な生という麻薬に馴染み始めていた。

昼休になって級友たちが音楽室にどやどや入ってきた。譜面に集中した振りをしてピアノを叩き続けていると、ぼくのまわりに大きな人の輪ができた。たどたどしくつなぐメロディに聞き入りながら、

「和気の弾くピアノでも授業中に聞いてると気分いいよ」

とだれかがうしろでいった。さっきから学年で一番の弾き手の貴公子がわきに立って、じっとぼくの手を見守っているのを知っていた。指がくじけそうになるのをこらえて練習曲を弾き続け、みなの目はぼくの手元に集中していた。頬がふっくらと白く、艶やかな黒髪を坊っちゃん刈にし、長い睫毛の奥から穏やかだが鋭い視線を放つ貴公子は、目と耳がひとつになっていた。

ぼくはついに手を止めた。胸のうちに昂まってくるものを、両手の覚つかない動きでは解き放てなくなって、あとは貴公子に委せようと思った。

「どうぞ」

ぼくはスツールを貴公子に空けた。

「いいの」

貴公子は待っていたようにひとことといい、素直にピアノに向かい、たちまち強靱な指の関節が激しく上下して速い曲が打ち出された。白い頬はふっくらしたままだが、目は音に澄んで、つぶやくように開いた口からメロディーに乗った声がピアノと一体となって流れ出た。みなの目は指

の運動を追い続け、ピアノ線と声帯が競いながら震動するのに魅入られていた。

講堂で開かれた学生大会で米軍浅間基地反対闘争が議題になった。共産党細胞の色黒の上級生の男が情感の籠った声で演説し、その弟子の同級生の女が黒いセーターの下の乳房をゆすってヒステリックにアジッた。色白の神主の倅が高下駄で壇上に登り、番傘を逆さに演台に立て、「日本国の国体を護らなければならない」と歯切れのいい清潔な声を白い歯並みの間から発した。するとと驚いたことに、うしろの席から貴公子が立つとまっすぐ演壇に向かい、いつもの悪びれない調子で、

「おれは共産主義にも日本国にも興味はない。こんど戦争が起きたらおれはにげるよ」と一席ぶった。

その臆面もない台詞はぼくの胸の底の本音に届くものがあったから、貴公子のかっこうをつけない勇気に感嘆した。

「よくぞいった」

「そのとおり」

野次が飛び、笑い、拍手が上がった。

貴公子は日本を逃げたわけではないが、大学在学中にフランスに留学し、前衛的な作曲家になった。

『罪と罰』のノッポの頭のなかには国語の教師も一目おく西洋文学の知識が詰まっていたが、ぼくは会話のきっかけになることばが見つからず、西洋の翻訳小説よりも近寄りがたかった。頭のなかに小説が蓄えられるとその人間は近寄りがたくなるということを知らなかったから、ぼくはどうしたらノッポに近づけるか考えた。背が釣り合わないとしゃべることばも釣り合わない。それで低い庭園の花壇を眺める桜の大木の根元の下生えに腰を下ろす機会を待った。ちょっと大人びてきざっぽかったが、相手の背が高いからこうするしかなかった。

「このごろカロッサを読んでるんだ」

ぼくは心もとなくドイツ小説の話を切り出した。

「ぼくはああいう教養小説は苦手なんだな」

ノッポは舌にのせたことばをカンナの上の空に飛ばすようにいった。ぼくは自分が家の中の空《くう》でばかり暮していると感じた。頭のうしろに穴が開いて、それを繃帯で塞ぐようになってからは小説のなかにうつむいてそこにいる人物の声を聞き、その人たちの世界を生きていた。友だちよりも人間の心がわかるようになったとひそかに思っていたが、どうやら日常の人びとの心の動きからは遅れてしまっているらしかった。そんなふうにノッポの隣の下生えに大人しく坐っている自分の後姿はいじましく見えるだろう。昼休に花壇を眺める高校生なんているか。

「アンドレ・マルローはいいよ」

ノッポは花壇など見ていなかった。その精悍《せいかん》な名のフランスの新しい作家をぼくはまだ読んでいなかった。

「どういう小説」

「映画みたいにシャープな感覚で視界をフレームに入れる。するとそこで人間が動く。行動的なんだな」

「手紙や日記のような親密な小説はもう古いのかもしれないね」

「運動感のあるのはいい。人間は動くじゃない。目も耳も動くからな」

ぼくから失われたのはそれだった。ぼくは本の文字ばかり見、それを読む自分の声ばかり聞いていた。ノッポは休み時間に教室のうしろのフロアで社交ダンスのステップを踏み、屋上でテニスをやり、放課後はプールで泳いだ。ぼくは家と病院と学校の間を歩くだけで、運動は小説のなかの、主人公たちの行動でしかなかった。


学校をさぼっているうちに出席日数が足りなくなった。もう一年落第するのは耐えがたかった。学年末になってぼくはザラ紙のノートにB鉛筆で猛烈に文章を書き始めた。頭に思い浮ぶままに手を動かし、乱暴な字でなんページも書き連ね、それを勝手にレポートと称して、生物や歴史や社会の教師に提出した。大人の世界を批判する内容だった。劇場でバレエを鑑賞する紳士はけっきょくバレリーナの脚の付け根を見たくて坐っているだけで、美とは関係ないのだというようなことを延々と書いた。人間の性欲が社会のなかでどう制度化され、どう創造的に転化されているのか想像できない少年の苛立ちがぶちまけられていた。

教師たちからはなんの音沙汰もなかったが、沈黙のままにぼくは進級した。

北国の町に住む小学校時代の級友を書簡小説の親友に見立てて、熱情込めた手紙を交換したり、日記やノートを書き連ねているうちに、ぼくはいつの間にか自分の部屋のぼくのわきに、鉛色の粘土の分身を作り出していた。それは顔のところは抜けた、ヴォリュームのある影のようなものだが、ぼくと家族の間に無言の場を占め、ぼくのわきからはみ出したようでもあり、ぼくが口をきかずにその影と問答をしているふうが、ぼくの内を向いた顔つきでわかるらしかった。ぼくは自分がどういう顔つきをしているか気にしていなかった。自分の顔の裏側を、とりわけおやじとおふくろにはそのまま見せて家の中で暮らしていた。

「和男はなぜ家の中で口をきかんのだ。陰気にしているから腹の消化が悪いんだ。もっと話をしなさい」

おやじは夕食どきに昼間、畳表を作る機械の会社であった社員同士の言葉の行き違いの話をし、おふくろを「ばからしい」とお愛想に苦笑させ、しばらく箸の先で器用に鰺の身を骨から剝がし、一口頬張った飯と一緒に長いこと咀嚼したあと、思い出したようにぼくに意見した。食卓のおやじとぼくの席の間の角に、ぼくの鉛色の粘土の影が坐っているのを感じて、おやじはきっとそちらのぼくに向かっていっているのだろうと思い、ぼくはその影を振り払おうとした。

「なにも話すことがないよ」

「学校であったことをなんでもいいから話してみい」

食卓のおやじは教師よりも威圧的になる。ゆっくり嚙み含む薄い唇や、青い血管の浮き出た長い手の指や、眉間の縦皺の照り具合が、ぼくの鎧となってぼくの華奢な身と骨と、そこに湧く空想を保護してもくれるが、身をついばみもした。ぼくも鯵の身をひとつまみ口に入れると、息の孔が詰まった。

「学校なんておもしろいことないから、うちで繰り返したくないよ」

「学校がそんなにいやか」

「教師が白墨にまみれて、一日三回同じことを黒板に書いてはしゃべるなんて哀れだよ」

「和男はなにをやりたいんだね」

「わからないよ、ぼくになにができるか」

ぼくの隣の鉛色の影がヴォリュームをふやしてなにやらいっているらしかったが、声は聞こえなかった。影だけが身をゆすっていた。

おふくろはぼくの痩せた身体に栄養をつけることに腐心していたが、ぼくの胃腸はいっこうに受けつけず、電車のホームに立っていると、とつぜん身体中から汗が吹き出し、やがてそれが引くと、身体が一廻り縮んでいた。こんなぼくになにができるだろうか。宇宙の神秘や物質の根源の探求への興味は病院のベッドに置いてきてしまった。病院の窓から眺め続けた暮れていく木っ端の屋根の光景や、一日中耳を澄まして待った看護婦の声の抑揚はぼくにとってなんだったのだろう。穴の開いた頭に聞こえてくる異国の人たちの会話は、ぼくもその人たちに混じり合っていたいような、胸を締めつけられるようなものがあった。身体中が疼くのを何日も何年もこらえながら、それを満たしてくれるものもない学校と家の間で、ぼくはただ、ひたすら小説を読むしかなかった。

学校の図書館の窓口に新しく入った黒目の深い女司書に、ドストエフスキーの本でなにかほかにおもしろいものはないかと、その胸に甘えるように訊くと、女は黒目に題名を通して思案し、鉄の階段に靴音を響かせて昇り、やがて『未成年』という題の厚い重い小説をぼくにもってきた。

「母への手紙」

春になると頭が狂い出す。薄汚れた鶯が下手な節廻しで鳴き出したり、黄色いクロックスが黒い土の上でいきなり花弁を開いたりするのも、どこかの細胞が狂い出したのだ。冬の間は首を縮め、冷い風を耐えしのいで、それなりに細胞の緊張が保たれていたのが、空気がゆるんで沈丁花の香がむんと鼻についてきたり、日射しが瞼《まぶた》の縁をちくちく刺すようになったりすると、ふとバランスが崩れて脳のコントロールが効かなくなる。ふだんは人並みのつもりでいた自分の頭が人よりも劣っていると思えたり、容貌も気にしていなかったのがじつは相当ひどいもので、道を歩いても、庭に梅の花が咲いて窓ガラスに午後の暖い陽が当っている他人の家が立派で、そこの主人は自分よりも甲斐性があると見えたりする。そのうち首と胴体が離れて空中を歩くようになり、こんなに生きてつらい思いをするのなら、いっそ高い所から跳び下りて、揺るぎない大地の上で死んだ方がいいとさえ考えたりする。植込みに囲まれた黒い土にどさりと埋まり、そのまま土壌に馴染んでいくだろう。

とりわけ寒いはずの二月なのに季節が狂って急に三月下旬の気温になったりすると危ない。庭の隅でビニールの覆いを掛けておいたカニサボテンの鉢を暖い室内の出窓に置いてやると、せっかく桃の造花のような濃い色の蕾がふくふくとついていたのが、首の根元からぽろりと落ちるようなものだ。思わず自分の首を手で押さえ、可哀そうな落ちた蕾を指先でつまみ上げ、祈るように眺めるが、もう手遅れだ。なんでも落ちるというのはよくない。満開の桜の花でなくってもはらはらする。はらはらと、あるいははらりと落ちるところに美があるといったって、やっぱり落ちたら、それでお終いじゃないか。

野田はティーポットに湯を足し、もう一杯紅茶を入れた。ひよがしきりに裏の空地で鳴いている。鳥の喉は気温に敏感だ。舌にダージリンの渋味が浸み入るのをじっと聴いた。何年振りかに味うひとり身の静寂だ。妻の朋子がロンドンの友人を頼って家出したので、家の中に濃密な沈黙が行きわたっている。イギリスのティーポットが艶やかな白い胸をふくらませて野田を見つめている。

紅茶を啜りながら、いままでそんなふうにティーポットの肌合と向き合ったことはなかった。いつもはふだん使いの陶器で、用が足りればよかった。見つめることも、語りかけることもなかった。茶の湯の心得のある友人に一服点てられて、見よう見まねで掌に茶碗を載せ、くるりと廻して眺めたりしたが、てんで見てはいなかった。人のものを、賞めるところで賞めたところで仕方がない。

こんなふうにテーブルや、筆立てや、本立てと向かいあって、野田は朋子と結婚するまえは自分のなかに坐り、神経を研ぎ澄まして生きていた。若いころは毎夜、シャルル・ルイ・フィリップの『母への手紙』を暗い窓ガラスに向かって朗読し、あてどもない不安を鎮めた。同じように不安でいた遠い国の若者の書いた手紙が心の隙間を埋めてくれた。なにが書いてあったのか覚えてはいない。そこにいない肉親に向かって語りかけることばを、だれも聞くもののいない夜の空気に震わせていると、声が一人で語っており、野田は自分から半身離れ、自分の声を聞いているようだった。自分一人の澄み切った時間、頭の隅々までも見透せて、脳の襞の微細な震動も、鼻孔の風のそよぎも気に留めた。なぜ『母への手紙』を朗読したんだろう。そういう手紙を書ける母親を無意識に求めていたのだろうか。そんなことは考えもしなかったが、たしかに「父への手紙」なんて読んだことがない。

朋子がいなくなった居間の空気が息を呑んで野田の様子を窺っている。この頬の皮の緊張には独身だったころに通じるものがある。そのころ親はいた。それはべつの糸で野田の心嚢《しんのう》の口をしばっていたが、その糸はもっとゆるやかで、へその緒とは違って目に見えなかった。朋子の糸は目に見えてぴんと張っており、その端は奥歯の間に挟まれていた。見えるように張っておかないと信用がおけなかったのだろう。その糸がいまは東京からロンドンまで伸びて、途中は夜空の果てで見えなくなったから、野田は綱から離れた気球のような気分になった。足が空を切るようで、飛んでいるのか滑っているのか、こんなことは何年振りの浮遊感覚だ。自分一人で道を歩くというのはこんなに楽で、思い通りになるものだったのか。朋子がロンドンを重い足取りで歩くのか、軽いステップで跳んで行くのか、野田は考えもしなかった。お互いに離れて歩けばいい。

靴がいつになく足の甲にぴったり着いて、野田は生まれてから大学生までを暮した東京の南端、大森の土地を訪ねてみたくなった。住んでいた家はもうないが道は残っている。駅の近くでいまも肉を売っている中学・高校時代の友人がいる。一間半の間口の店の奥で、郷呂《ごうろ》はいまでも黙々と肉を切り分けているはずだ。野田は結婚して大森を離れているうちに自分が随分変ったのではないかと思っていたが、郷呂は三十年前と変っていないように思える。商売の浮沈はあったが、考え方も性格も変らない。同じところで同じように暮している。野田の親も兄弟も知人もその土地からいなくなり、小学校の友人もみんな行方知れずだから、中学からの友だちの郷呂は、いまでは野田の少年時代の地元唯一の生き証人ということになる。

国鉄の大森の駅舎は新しい駅ビルに変ったが、駅前に立つと懐しいような哀しいような、昔の日日の臭いがいまも雑多に漂っている。正面のお宮の石段の下の鰻屋が威勢よく青い煙を上げている。石段が外壁に打ち当たるような形で崖を切って建っている一番古いビルの一階の不二家から、チョコレートと生クリームの匂いが湧いている。鰻屋の右隣の薬局から石鹸の香がする。狭い広場の右角の果物屋の店先で苺が甘えるような香気を発散させている。野田は鼻孔を膨らませて大森の匂いを嗅いだ。自分の遠い過去がこんなに別の人間に生きられ、同じ匂いで保存されているのは奇蹟のようだが、映画の画面の色彩の美しさや小説の描写の希薄な空想と違って、気分を滅入らせる生なましさがある。隅ずみまで目に見え、鼻を刺戟する。顔をそむけることができず、徐々にそこに身を浸たしていくしかない。

郷呂の店は果物屋の角を曲ってアーケードの歩道をゆるやかに上るとすぐ、焼鳥屋と洋酒屋に挟まれたガラス戸の中にある。香ばしい脂の焼け焦る煙が笑い声と一緒に立ち昇る隣で、郷呂の店の肉は冷えびえとガラスケースの棚に納まり、中学出の若い店員と郷呂夫妻が肉を量り、注文を取り、肉を切り、コロッケを揚げていた。

野田の身体が近寄るとガラス戸が開いた。そこの敷居をまたぐのは何年振りかだが、愛想のいい笑顔を作って高めの声で挨拶する必要はなく、昨日も来たように、目元をややゆるめて、「やあ、しばらく」というだけでいい。時間がつながっている。

店の中に客というか客でない野田の立ち止まるスペースはほとんどなかったから、地下の倉庫に通じる細いコンクリートの廻り階段の降り口か、二階の住居に上る木の階段を支える柱に身を寄せて、人の往来の邪魔にならないようにしていなければならなかった。野田は立ったまま、出されたコーヒーをマグから啜り、郷呂がこまやかに牛肉を切り分ける、脂と同じくらい白く透き通った手を眺め、目尻に細い皺を二本寄せ、低く通るが優しい声で小説や芝居の話をするのを聞いていた。開いた窓の下でプラットホームのアナウンスが響き、ベルが鳴り、連結した車両のパンタグラフがおもむろに移動する。

「その後、小説は書いてるかい」

「なかなか書けないよ。なにを書いたらいいかわからなくなった」

「このまえの小説は観念的なこと書いてあったたな。ムラカワさんと母親と妻との関係とか。ああいうところは書きたくなかったんだろうな。ムラカワさんが地蔵寺だか菩提寺だかで両親の供養をしてもらおうと坐ってると、坊主が下駄で庭の砂利を踏んで歩いてきて、それが脳天を踏み潰して渡ってくるようだったって、あそこを書きたかったんだろう」

「よくわかるなあ、おどろいたなあ。だれもそうはいわなかったぞ」

「五回読みゃわかるさ。いつも五回は読むよ」

野田は唇の先にコーヒーのマグを捧げもち、藍色の陶器の縁越しに、郷呂が庖丁の先を指のように使って肉の塊を開くのを眺めた。唇のような灰色をした表皮の奥から赤い身が覗いた。

「毎朝仕事のまえにこの棚に置いて読むのさ」

郷呂が肩を丸めてうつむいている肉切り台のまえに細い棚があって、スパイスの瓶が並んでいる。真中の、瓶が並んでいないところが、白いタイル壁を背にして書見台になるらしかった。敷居のようになった脂の浸みた棚に、野田の小説が載っている同人雑誌を、郷呂が仕事まえに立て掛けて開き、右手にもったマグからコーヒーを飲みながら身をかがめかげんに覗き込む後姿を想像すると、いま紺色のポロシャツを着て肉を切る郷呂の背中の丸味が、照れ笑いを含んでいるのか、真顔を作っているのかと見ているうちに、野田の方が照れ臭くなって声を出した。

「もったいないことだな」

「一行一行、繰り返し読むのさ。ここはこういうことをいいたいんだろうな。ここは面倒だから端折ってるな。ここはうまくいったと自分で思ってるだろうな。ここは苦しんでるな。読んでるとみんなわかってくる。ほんとだよ」

郷呂は上唇をとがらし、その内側で呟くように低い、しかし歯切れのいい優しい声で喋る。目元に微笑を浮べ、そんな読書の秘密を、その文章を書いた当人に打ち明けるのを楽しんでいる。奥歯が浮いて、舌が縮まっているのでわかる。肉を選り分ける手付きは時計のように落ち着いている。

「ありがたいな」

「毎朝仕事にかかるまえに一ページ読むと心が落ち着くね」

「いらいらするのでなくてよかったな」

「おれの代りに書いてくれてるようなもんだからな。おれのことばが字になってると思うと、安心するんだ。ほんとだよ」

すくなくとも一人は読者がいる。それもとびきり上等の、自分よりもよくわかる読者だ。読者と名がつけば、それはやっぱり他人じゃないか。書いたそばから自分で読んで見てもことばが生で、嚙みくだいて味わうことができない。棚の上に置いて、他人のものとして読まなきゃだめだ。野田のまえに郷呂がいて、郷呂が目のまえの棚に立てた野田の小説を一ページずつ読んでいるさまを思うと、野田はレントゲン写真を撮られている錯覚がした。自分の胸を郷呂の背に合わせ、胸の肉を透かして自分のことばを読んでいる。どちらの胸の肉だ。こちらの胸の肉も透き通しだ。野田は少年のころ、この町の医院で肺のレントゲン写真を何層も撮った。ほんの小さな黒い翳の所在を突き止めるために、黒い冷い金属の板に胸を平に貼り付けた。心臓の空洞と骨と血管は見えたが、胸の内にあるものは何も写らず、ただそばかす状の斑点が見えた。それ以来、野田は胸の内を隠すようになった。胸をいたわっていると無口になり、ことばが溜ってくる。それで人の日記や手紙を朗読して発散させる必要があったのだろう。

野田は郷呂の代返をしたことがある。紙屑だらけの教室のうしろで、上唇を小さくとがらし、低い声で「はい」といった。まわりの者が野田を見てにやっとした。野田が郷呂の代返をする関係は何かと一瞬考えて止めた。夏も近い水曜日の午後、若い国語の教師は教卓の端に出席簿を押しやると、水気の切れた声でカミュの『ペスト』の筋を話し始めた。医師たちがどんなにヒューマニズムに徹して行動したかを一人で感動してねばっこく話した。みんなかすれた声の話に退屈したが、残っている者は教室から出て行かなかった。郷呂は涼しい屋上で煙草を吸ってサルトルの文学を語っているだろう。野田はペストに付き合った。その国語の教師も数年まえに肺癌で死んだ。

野田の胸から取られたことばのレントゲン写真みたいなものだ。胸の肉は写らないが、郷呂はことばを肉付けして読んでいる。

「コーヒー飲みに行こう」

「いいのかい」

「夕方まではひまだから」

歩道を数軒上った先のコーヒー屋の二階で野田は郷呂と向かい合って坐り、二人とも煙草を吸わなくなったので、相手の目を見たり、コーヒーで喉を湿らしたりして話した。

「おまえさんの書いた小説以外は全然読まないね」

「小説はもう興味なくなったか」

「昔読んだもので充分だ。みんなこの頭に入ってる。このごろのものは読んでもつまらねえ。おれに関係ないこと書いてある。おれたちのころと全然生き方が変わっちまったからな。存在理由がねえんだ」

「いまはいまで、若い人たちはそれなりに不安で生き方を探っているんだろう。充足しているわけじゃないだろう」


郷呂はよく存在理由ということばを使った。第二次大戦後に流行ったそのことばを店の地下の秘密の小部屋に匿ってあった。人一人通れる、井戸のように暗い急な廻り階段を、脂肪のよどんだ空気に鼻を塞がれながら野田は一歩一歩降ったことがある。倉庫になっているらしいコンクリートの床に降り立つと、足元から冷気と黴気が伝わってきた。裸電球が一つ点いて、血の滲んだ白い布や、肋骨らしい湾曲した骨を投げ入れたステンレスの大きな容器が見えた。郷呂が板壁のスイッチを触わり、そのわきのベニヤの扉を開くと、三畳間の書斎のセットが魔法のように現われた。窓はないが、机には小さいスタンドとペン皿と灰皿が載って、何も書いてない四〇〇字詰の原稿用紙が百枚ほど置いてあり、そのまえの壁に作り付けた本棚には文庫本がぎっしりと、ドーナツ盤が何段かと、ポータブルのプレーヤーが納めてあった。野田が坐るモケット張りのソファーもあり、床には毛の絨毯が敷かれ、郷呂は野田の足元にスリッパをそろえて置いた。

「シャンソンを一曲プレゼントするよ。なにかリクエストはあるかい」

野田が迷っていると、郷呂は棚から一枚選んで抜き取り、クリーナーで丁寧に塵を拭い、慈しむようにプレーヤーに掛け、ピックアップのアームを下ろした。遥かなパリのセーヌ川から、蠟燭の焰のように揺らゆらと、黒光りのする低音が流れてきた。それがダミアの声であることぐらいは野田にもわかった。

ガラス窓と襖と畳の明るい部屋に腰掛机を置いて書斎にしていた野田は、こんな密閉された洋間にいたら、西洋ふうの孤独と沈黙に裏打ちされた小説が書けるかもしれないと思った。

「一生に一つ、生きた証しになる小説を書けばいいよ。死んだあとで、ああ、あいつはこういうものを書いていたのか、とわかればいいじゃないか」

灰皿で煙草を消して、新しいハイライトの銀紙の隅に四角い切り口を作り、底を爪で弾いて二、三本浮き出させ、一番長い一本を抜き取り、ゆっくり口にくわえ、ライターで火を点けると、郷呂は頭の中に煙を吐き出すようだった。野田は郷呂の頭蓋の内部を恭しく眺め、一人だけの空間を作っている郷呂を羨やましく思ったが、他人《ひと》の頭の奥に入り込んでいる自分が居心地悪くなり、早く明るい地上へ出たいと、棚の置時計の針の角度を見やった。野田は自分の机に原稿用紙など置いてなかった。

「書かなければ、なぜ生きたのかわからないようなものだ。書いておかなければ、死なないというやつだ。そうだろう」

コーヒーの残りを飲んだ郷呂は煙草がないので、目元にただ優しい微笑を浮べて野田を見守っている。昔聞いたことばを、いまは黙っているが、目が繰り返している。それは相手の傷口をいたわる目で、自分も深い傷口を開いてきたが、時間の目に塞がれていまは口を開かない。親がいなくなった町は他人の土地で、そこに留まって肉を切り続ける郷呂は、その町を出て行った野田が若いころそこに住んで思い惑うたことの証しであり、野田が郷呂の店を訪ねるのは、自分で手当のできない傷口を郷呂のやわらかい手で塞いでもらうためだということを、互いに知って知らぬ顔をしているのだという気がした。野田は郷呂の傷の手当をしたことがない。

——おまえさんはちゃんとしてくれているよ。

さっき、そういったのかもしれない。

——おまえさんが生きてくれているだけでいい。小説を書いてくれているだけでいい。

牛の肉という肉に手を触れて肌で覚え、肌理模様の色合と表情から、郷呂は牛の身体の中で、ここがダイアモンドだ、といえる肉のありかを指させるような気がするといったことがある。それがどんな桜色をして、どんな脹みのある肌合で、どんな慎ましくかつ誇らし気な表情をしているのか、野田は見せてもらったことはない。それは頸と胸の境い目の、背骨の下の小さな窩に納まってある肉かもしれない。そこが牛の身体の星なのだろう。郷呂はそこの小さな肉片が牛肉のなかの牛肉の絶品で、一度その肉を舌に載せたら絶対忘れられないもんだなどと味の話をしたわけではない。郷呂は肉の味の話をしたことがない。ふだん肉など食べていないか、料理に関心がないような顔をしている。そもそも肉は自分が食べるものではなく、奥さん方に料理の手間がかからず、焼くだけでかんたんに食べてもらうということだけを考えているような口ぶりだ。郷呂が玄人の蘊蓄をかたむけ、静かな情熱を込めて語るときは、あれこれの産地の肉の特徴や、身体のいろんな部分の肉の味の違いではなく、一頭一頭の牛の肉を手で撫で、目で探り庖丁で切り開きながら、その肉質と霜降り模様からその牛の体質と性格を推しはかり、思い遣る楽しみのことだ。

野田は痩せていたから自分の身体の肉について考えたことがなかった。父親は長身だったがやはり痩せていた。母親は小柄だったがこれも痩せていたので、尻にも胸にも女の肉を思ったことがなかった。疲れやすい、きゃしゃな骨組が働いているのを見るだけだった。郷呂が牛の肉の話をしたからといって、それで人間の、まして女の肉を連想するなど思いもよらなかったが、それから人生の盛りを生き、うまいものも食べ、絵や芝居で人体を鑑賞し、音楽に脳味噌を洗浄され、女も抱いてみると、人間の経験を形作っているのは風の動きや水の流れではなく、けっきょく自分の中で成育し蓄えられた肉の層で、自分には見えもしなければ意識もしていないが、一人一人異る網目模様と弾力があって、それが歩き方、腰の曲げ方、ものの考え方感じ方までも内側で決めているに違いないという気がしてきた。

「西洋的な考え方なんだろうな」

「おまえさんの書くものがかい。おれたちはみんな西洋のものを食べ、西洋のものを読み、見聞きしているから、それはおれたちの肉にもなってるさ。西洋的なものがない日本人なんて現代人じゃないよ。ビフテキだってとんかつだって西洋のものなんてだれも思やしないさ。牛は松坂だか神戸のものと思うくらいなもんだ」

「このごろは輸入肉があるだろう、アメリカやオーストラリアから安いのが……」

「あんなものは肉じゃねえよ。おまえさんの口には合わねえよ」

「本場のステーキには合うんじゃないかね、腰があって。ニューヨークでステーキ屋に入ったら、網の上でごろごろ、焼芋みたいに焼いて積んであったよ。脂気がなくてしこしこしてた。日本のやわらかい肉じゃああならないだろう、でれでれして」

「そりゃあアメリカへ行ってきた人間が自慢話にすることとさ。すき焼肉が日本の肉で、ステーキ肉が西洋ふう肉というわけじゃねえんだ。日本の肉はみんな日本の肉だ。それが合うんだよ日本人の口には。ビールにも酒にも合う。醤油に合うんだよ」

「だから日本で肉を食っても西洋人のことはわからないわけだな」

「そりゃあそうさ。日本ふう西洋のことしかわかりゃしねえ。それでいいんだよ。日本人の肉になってるんだから」

「たしかに日本人の肉は日本人の肉だ。ぼくの考えることはこれも日本人の考えだな」

「おまえさんが自分で生きたことをもとに自分で考えりゃ、それは正真正銘日本人の考えだよ。自分で生きたことであればな」

「それがときどきわからなくなるんだな。自分が生きているのか、他人が生きているのか」

「おまえさんの書いているもの読みゃわかるよ。よく書けてると思うところは自分で生きている。観念的と思うところは他人の借り物だ。どこかで読んだことがあるからな」

「そういうこともあるが、ときに自分が他人になったような、しみじみと自分で感じることがなくなって、他人が感じてることをそのまま自分も感じてると思い過ごして、生きているのか死んでいるのか。自分一人でものを感じるひまがないのか。昔、シャルル・ルイ・フィリップの『母への手紙』を夜一人で朗読していたような、静かな時間がなくなってしまったんだ。年のせいか、世の中のせいか」

「わかるね。おれだって一日店に立って、客の相手をし、入れ替り立ち替り、同じ人間や違う人間がやってきて、同じことや違うことを話す。相手のいってることをそのまま次の客に繰り返してることだってあるよ。そうやって一日、一週間、一月が過ぎていくと、おれがどこにいるのかわからなくなるよ。ことばのやりとりだけが流れていくような気持だね。身体だけはいつも店に立っているが」

「それがこのごろ、ぼくにはとってもありがたいことに思えてきたんだ。この町に来てこの店に寄れば、必ず郷呂が立っている。みんな所在がわからなくなったり縁遠くなって、ときに挨拶状をもらうだけだからな」

「おまえさんから小説を送ってもらうたびに、ああ、おまえさんはまだ生きてるな、と思うよ。おまえさんのことがみんなわかる。こうして話しているときよりもよくわかる。おれに書けないことを書いてくれているな、と思ってね、うれしいよ」

郷呂は瞼を下ろして目を細め、唇を一層つぼめて、煙草をくわえないのでそのままの形で一服、空気を吸った。髪は野田より黒いが、額は広くなっている。

「そんなにぼくのことがよくわかるかね。自分じゃ自分のことがよくわからないでいるんだがね。今日ここへ来る気になったのも、ふとした気分の変化だ。思いがけなく気温が上って、急に春めいて鶯が下手に鳴き、うちのやつがイギリスへ行って家んなかで一人になると、結婚するまえの、一人で暮していたころの気分が蘇ってきてね、あれはなんだったんだろう、その後自分はどこへ行っていたんだろう、と考えるようになったんだ」

「それは、奥方がいなくなったからだよ。奥方が一人でイギリスへ行く気になったのも大した夫婦の変容だ。わかるような気がするね。お互い、自分のことを考えるようになったのだ。おれだっていつも考えるよ。親は死んで、子供たちは成長したし、かみさんもおれも身体はがたがただし、あと何年生きるかわからねえよ。早く彼の世へ行きてえもんだ」

「そう急ぐことはないさ。まだしておくことがあるだろう」

「ないね。生きるために働いているだけだよ。もう止めたいよ」

郷呂は柔和な顔のままで人も自分もなぎ倒すことをいうのがつねだったから、野田はいつものことと、とくに気には留めなかったが、久し振りに会ったことなので、目半分で郷呂の目元から頬と頤へかけての皮膚の張り具合を見た。顔の輪郭は以前と変らないが、皮膚の下の肉が落ちたのか、表面が伸びたのか、内側に窪みができていた。野田は自分はもっと皺が深まり、新たな溝も刻まれているだろうと、頬骨を気持だけうつむけた。目の下で骨が風に当り、頬の皮がたわんでいるふうだった。

「自分のことを書いておきたいと思うようになってね」

「最初に書いたときの、純粋な気持で書くんだよ。それしかないよ。それだけがほんとうに書く値打のあることだ。一生生きてもそれは変らない」

「一生変らないとすると、若かったあと、何十年も生きてきたのはなんだったんだろうと思うね。なにもなかったことになる」

「なにもないところをぐるぐる廻っていたのさ」

「いざ書こうと思ってペンを取ってもなにも書けないのはそのためかな」

「なにか書くことが定ってりゃだれでも書けるさ。上手い下手はあるが。なにもないことを書くのがむずかしいよ。それが人生だから、みんな生きていて、なにもない。あたりまえのことだからだれでも書けるわけじゃねえ。おまえさんなら書けるよ」

「書けそうな気がして書こうと思うと、消えてなくなってしまう」

「消えないようなものは書いてもしようがねえんだ。肉みたいなもんで、煮たり焼いたりして食えばいいんだ。それも若い奥さん方はみんな料理しなくなって、お惣菜を買うばかりよ。仕入れから料理まで全部自分でやってみろ。食ってしまえば跡形もなくなるが、手で触わった肉の肌合は残るもんだ。目には見えないが、そういうもんさ。その肌合を書くんだよ、ことばでな。消えてなくなったものの感触だ。それはどこにも残っていない。おれの手のなかにしかない」

「ことばに触わってみるか。毎日読んで話していると目と口を通り抜けるだけで、肌に残ることばがないもんだ」

「なにも残ってないと思うところにあるものだよ。だれにでも見えるものを写真のように書いたってなんにもなりゃしない。なにも見えない肌をじっと見つめて見ろ。なにかの跡が浮び上ってくるものだ。こないだのおまえさんの小説で、坊主がムラカワさんの脳天の砂利を下駄でじゃりじゃり踏んづけて歩いて来るところ、書いてたじゃないか。あれだよ」

「あれは脳天に刻まれて消えないね。いまでもがりがり鳴ってる。坊主の下駄が庭の距離を踏む音だ。ああいうことばがあったら、いままでの時間が全部刻める。手応えのある響きで歩ける」

「おまえさんは元気そうじゃないか。まだまだ歩けるよ。おれはこないだ店で目眩がして、やっとこさ階段につかまって二階へ上ったんだが、頭が重くて体を横にしてみたけど、暗あい、いやあな気分がして、頭の血管が破れていよいよおだぶつかと思ったよ。貧血とは違うんだ。重苦しい気がしてね」

「そりゃあぶないな、精密検査した方がいいよ。血圧はどうなんだ」

「高かったんだ。救急車で運ばれて、頭も心臓も胸も耳も全部調べてもらったんだが、とくにどこも悪いとこは見つからねえんだ」

「気をつけた方がいいよ」

「さて、そろそろ店が混む時間だ。行くかな」


郷呂の妻はにこにこと客に応対していた。中年の婦人も若い女も男も、みな外出や勤め帰りに惣菜を買いに立ち寄り、一人分か二人分をビニール袋に入れてもらい、手に下げて帰って行った。野田もミート・コロッケとコーンクリーム・コロッケを二個ずつと、キムチの入った野菜サラダを求め、白いビニール袋に入れて渡された。郷呂は代を受け取らなかった。

春らしくなったとはいえ、外はすでに暮れていた。坂の上から吹き下ろす北風が冷える。駅の改札口からあふれ出た人たちがそれぞれの家の方角や、バスの停留所に向かって狭い歩道を列をなして上っていく。その後姿を見送りながら、野田はふと、帰る家がないと思った。自分の住んでいる家が、この町にも、町の外にも思い浮かばなかった。

ビニール袋のコロッケがほの温く腿に触れて、野田はとにかく晩飯のおかずは確保した安心感から、せっかく何年振りかに訪れた大森駅の近辺を歩いてみようという気になった。ほろ苦い思い出のある「田園」という名の喫茶店がまだこんなところには残っている。終戦後、月額五円の小遣を握りしめてザラ紙のノートを買いに行った「原田」という文房具屋もまだあったが、袋物屋や洋品店や果物屋などと並んでいたころの活気はなく、両側を銀行と証券会社の支店に挟まれ、商店街が閉店後も一軒だけ開いている年寄の靴屋のようにたそがれていた。その横に昔からある石段を上ってみた。突き当りは山王の古い屋敷の名残りの植込と石垣で、それに沿って坂を登ると銀行の裏庭へ通じる門で行き止りになっていた。人力車一台が通れる道幅の急坂を戻って下り、もっと幅の広い別の坂道を登り始めた。登り口のガードレールの内側に上等なブロンズの標識柱が立ち、「闇坂」と記してあったので、子供のころ、くらやみ坂という名の恐しさから、その暗い切り通しは昼間でも通るのを避けていた坂道だったことを思い出した。夜はまっ暗で幽霊や追剝が出るとおどかされた。その急な砂利道を大八車やリヤカーは人間に引かれて登れたが、馬車は登れなかった。いまは煉瓦ブロックで舗装されているが歩道はないままで、両側の垂直に近い土留めの石積みは昔もあったのか、同じ真知石だったたか、野田は思い出せなかった。いまでも街灯は薄暗く、車を恐れてガードレールの内側に入ると、一人歩くのがやっとだった。この岡の上に以前ドイツ学園があって、戦争中も半ズボンから長い足を出した色白のドイツ人の小学生が、横長で肩の両側にはみ出る上等な革のランドセルを背負って通っていた。戦後見たアメリカ人の子供たちよりも町に馴染んでいた。日本語の延長にドイツ語とドイツ文化があるように思えた。

野田のあとから坂を登ってくるものはいなかったが、カーヴして見えない坂の上から若い女の靴の踵が響いてきた。敷石をコツコツ叩いて下りてくる。真知石の蔭から黒いセーター、黒いミニスカート、黒いタイツの若い女がすっと現われ、ソヴァージュの黒髪に、街灯の明りを茶に滲ませ、よどんだ空気を切り開くように進んで来る。野田は自分が怪しいものに見えないようにコロッケの入った白いビニール袋を右手で胸の前に掲げ、左手を石垣にかけて身をかがめ、背中を女に向けて道を空けた。女は会釈もせずに通り過ぎた。苔の青い匂いに化粧の残り香がかかった。野田の左手が妙に冷い、すべらかなものに触れているので顔を離して見ると、昭和初年に大森に住んだ女性作家たちの顔をレリーフにした銅板が塡め込んであった。

「この土地で初めて断髪にした」と刻んだ文字が読めた。

野田はコロッケの温りを胸に抱いて坂を登った。

III

風

人物

吐土　男　三十歳
奴埋　男　吐土より年長
舞子　女　十七歳
人見　女　二十五歳
子供　男
僧　男
画家　男　五十歳
その他大勢（男女二十名位）

時代

現代

場所

廃墟

第一幕

世界壊滅の音響。その余韻の中から人間達の呻き声が風のように起る。男、女、老人、子供の悲鳴、叫び声。叫び声が一つ一つ明瞭に聞え、やがてまばらになり、ついに一切は静黙に還る——幕上る。

不吉な金属音が起り、場内に異常な緊張感を惹き起す。

廃墟。左手に建物の崩壊した跡、右手に塔の一部が残立している。

赤い空に青い太陽がまばたいている。

夏。

奴埋　（舞台中央左寄りで下半身を柱に挟まれて横たわっている。顔に血がついている。呻く）おおお、うう、あああ、（沈黙）ああ！　生きてる！　（腕を動かす）生きてる！　助かった！　おれは助かったんだ。吐土《とど》！　吐土！　おおい！　吐土！

吐土　（舞台中央右寄りで、奴埋《ぬまい》よりも低い所で柱に下半身を挟まれて横たわっている。低く呻く）おお、ああ、（頭を動かす）おれだ！　畜生！　死ななかったか、生き残ってしまった。
（沈黙）また、みんなやりなおしだ。

奴埋　吐土！　吐土！

吐土　おれはまた声を出す。

奴埋　吐土！

吐土　奴埋か？　おれはまた喋り出す。

奴埋　どこだ？

吐土　ここだ！

奴埋　おまえも助かったか！

吐土　助かってしまったよ。奴埋は無事か？

奴埋　半分だけだ。腰から下、感覚がねえ。おまえ、無事なら早くきて助けてくれ。

吐土　おれはまた動き出す。（動こうとするが動かぬ）ところが動かない。おれも半分だけらしい。（自分に）まだ助かったわけじゃない。

奴埋　おまえも挟まれてるのか。

吐土　（身体を動かそうとする）そうらしい。

奴埋　足か？

吐土　おけつだ。

奴埋　動いてみろ。力一杯。抜けるかもしれねえ。
吐土　めんどうだ。
奴埋　ばか、このままじゃ、おれたちゃ飢え死にだぞ。
吐土　飢えるまえに死ぬだろう。
奴埋　（かん高く）助けてくれ！
吐土　叫んでも無駄だ。だれも助けにゃこないだろう。
奴埋　（同じ）助けてくれ！
吐土　生き残っているのは、おれたちだけかもしれないよ。
奴埋　（同じ）だれかきてくれ！　おれは死にたくねえ！
吐土　少し静かにしてくれ。
奴埋　おれは死にたくねえ！　おまえ、死んでもいいのか？
吐土　特別生きたいわけもない。おまえさん、どうしてそんなに生きたいのだ。
奴埋　おれは生きなくちゃならん。おれには妻子《つまこ》を養う責任があるからの。
吐土　妻子！　おまえさんの妻子はどこにいる？
奴埋　この下だ。同じ屋根の上と下だ。
吐土　もう死んでるだろう。おまえさんの重みの下で声もない。
奴埋　死んでる？　どこに？　どこに死んでる？（呼ぶ）妻子！　妻子！　おれの妻子！　おお

い！（沈黙）聞えねえ。なあんにも聞えねえ。

吐土 これが世界の終りだ。世界の始まりかもしれない。終りはいつも始まりだ。そして始まりはいつも終り。

奴埋 （上半身をもぞもぞ動かす）あった！　マッチもあったぞ。（煙草とマッチの箱を大事そうにポケットから取り出す）おお、潰れてねえ。酒屋も潰れたろうな。酒はどうなったろう。よくまあポケットん中で燃え出さなかったの。（煙草を一本抜いて火をつけてふかす）うまい。（間）吐土！　煙草やろう。一本だけだぞ。これがおれの全財産だからな。投げるぞ。そら、（煙草を一本投げる。吐土の前方に落ちる）

吐土 （手で受けようとするが、とどかぬ所に落ちる）も少し上手に投げてくれ。

奴埋 とどかねえか？

吐土 （上半身を一杯伸ばすがやはりとどかぬ）せっかくのお志に手がとどかない。

奴埋 どうしても駄目か。惜しいことした。貴重な財産を。なにか棒みたいなものはないか、かき寄せる。

吐土 なんにもないね。おけつの上の太い柱しかない。

奴埋 惜しいなあ。大事な品をむざむざ捨てて。人に親切をすると、必ず後悔する。泥の上の口つかずの煙草。だれか通らんかな。犬でもいい。文明の遺産だ。おまえには吸い殻を投げてやりゃよかった。

吐土　ばかに落ち着いたじゃないか。
奴埋　一服の煙草がおれに智慧を授けてくれるのを待つんじゃ。
吐土　今となって智慧など浮ぶものか。智慧がありゃ、柱の下で死ぬこたあなかったろうよ。あとわずかの命だ。おとなしく思い出に耽った方が利口だ。
奴埋　思い出なんかいらん。おれの欲しいのは未来だ。過去は死んだ。
吐土　未来もない。
奴埋　まだ半分は残ってる。
吐土　そして失われてゆく。
奴埋　未来はつねに前方にある。
吐土　前方には煙草がある。（もう一度手を伸ばす。あとわずかの所でとどかぬ）畜生め、ろばの人参だ。あの煙草欲しさにまえへ歩いてゆく。
奴埋　（悠々と煙草をふかし、少し考えるような顔付をして）吐土、おまえは大分身体が動くようだな。その下の壁を壊してなんとか出られねえか。できるだけのことはやってみよう。おれはみんなの見える所で、車に潰された蛙みてえな恰好で死にたくねえ。
吐土　どこで死にたいんだ。
奴埋　棺桶の中で死にてえ。だれにも見られねえ、小さな部屋の中でな。死ぬてえことは、おれだけの、一番私的な行事だからな。まっ昼間に、公の場所で、開けっ放しのままで死ぬなんざあまっぴらだね。もっと神聖なものだ。おまえはそのまま死んでもいいのか？

吐土　べつに糞をするわけじゃあるまいし、おれはどこだってかまわない。大体、今まで生きてきたんだっておれの意志じゃない。気がついたら生きてたんだ。死ぬ方が生きることより億劫だからな。そのまま現状維持できただけさ。死ぬってことは億劫なことだよ、なあおまえさん。一度もしたことがないことをするってのは億劫なことだ。やったあと、好いか悪いか分らないんだからな。悪くても元には戻らない。だがな、よくもこんなに長いこと、現状維持してきたものだ。（あくびをする）べつに楽しくもなかった。辛いことばかり多くて、一遍だけ、はあ、たった一遍だけだ、生きていてよかったなんて思ったのは。

奴埋　なんだい、それは？

吐土　ううん？　いやあ、はは。死んでいてよかったなんていうやつはいないからな。

奴埋　あたりめえよ。生きてるやつは、死んだこたあねえからな。生きてるときのことしか分らねえよ。

吐土　人参を追って歩いてきたろばだ。今度は煙草めがけて這いずるのか。

奴埋　気の毒なやつだ。それで、その人参は食べられなかったのか。

吐土　食べたさ。食べてみたら蠟造りの人参だった。赤い艶のある生き生きしたやつだったがね。道理できれいすぎると思ったよ。

奴埋　そんな人参、だれがくれたんだ？

吐土　（間）お前さんじゃねえか。
奴埋　このおれだと！　恩知らずめ、おめえがこれまで生きてこれたのは、このおれのお蔭だぞ。
吐土　今度はお終いにしてもらいたかったね。（間）おまえさん、生きてることが楽しいかね。
奴埋　ああ、こんな楽しいことがあるかね。
吐土　柱の下敷になっていてもかね。
奴埋　（突然煙草の吸いさしを投げ捨て、苦痛に身をよじりながら叫ぶ）おおい！　だれかきてくれえ！

吐土は近くに落ちた奴埋の吸いさしの煙草を拾い、口にくわえてうまそうに吸う。呻き声と足音を想像させる異様な単調音起る。
上手より、避難民達が、恐怖と憔悴の色を浮べ、三三五五、現われては下手へ去る。うなだれて歩き、倒れ、呻き、泣き、這う。老婆を背負った子供、病人、凡《あら》ゆる様相の人間の群を表わす。いずれもわずかばかりの財産を大事そうに運ぶ。みな語らず、ただ口々に「火だ」、次に「水だ」次に「風だ」、次にこれらの言葉を入れ混ぜて呟き、数分間続く。

奴埋　助けてくれ！　この柱を動かしてくれ！　助けてくれ！　死にそうだ！　ちょっと手を貸

してくれ。（最後の力を振りしぼるように通り過ぎる人々に叫び続けるが、だれも振り向くものはいない）

音響止む。
下手より男の子が一人泣きながら入ってくる。

子供　かあちゃん！　かあちゃん！
奴埋　（優しく）坊や、坊や、助けておくれ、おじさんを助けておくれ。死んでしまうよ。（子供泣き止んで立ち止り、奴埋を見つめる。沈黙）坊や、いい子だ。死にそうなおじさんを助けておくれ。この身体の上の柱をちょっと動かしておくれ。助けてくれたら、坊やになんでも欲しいものをやろう。
子供　（泣き声で）かあちゃんがいない。
奴埋　そうか、そうか、町中歩いて探してやろう。きっとかあちゃんを見つけてやるよ。

舞台上は吐土、奴埋、子供の三人となる。子供、持っていた鼻緒の切れた下駄を置いて、崩れた材木の上に登り、奴埋のそばへいく。

奴埋　いてて、この柱だ。この柱がおれの腰の上に、ああ、潰れそうだ。坊や、力一杯持ち上げてくれ。

子供　（力一杯柱を持ち上げようとするが動かぬ）動かないよ。

奴埋　諦めちゃいけないよ。一度やろうと思ったことは最後までやり通すんだ。そこの棒を柱の下に入れて。

子供　（棒を取る）これかい？

奴埋　そうだ。それをここに入れて。

子供　（棒を柱の下に入れる）ここかい？

奴埋　そうだ、そうだ。それ、やっと。（自分もきばって、柱を動かそうとするが、びくともせぬ）

子供　動かない。ぼくには駄目だよ。（持っていた棒を落とし、奴埋から少し離れて立つ）

奴埋　（じっと子供の顔を見つめる）坊や、ここへきてごらん。（子供招かれて奴埋の前にくる。奴埋突然右腕を伸ばし、大きな手を開いて子供の左足首をしっかり摑む）

子供　（恐怖して悲鳴を上げ、暴れながらわめく）こわいよお！　離してぇ！　こわいよお！　離して！

奴埋　柔かい、細い足だ。骨までも、おれの手の中で潰れてしまいそうだ。おれの子供の足を、こんなふうに握ったことがあったろうか。他人の足。おれが死ぬ前に触わる最後の人間だ。

子供　（同じ）離して！　助けてぇ！　離して！　助けてぇ！

奴埋　おれは他人をこんなふうに摑んだことがあったろうか？　みんな逃げていった。（間）手を離すと。（奴埋手を離す）

子供　かあちゃん！　（一目散に逃げて、舞台右端で忘れ物を思い出し、ひき返して用心深く下駄を拾い上げる）

吐土　坊や。（子供びっくりして振り返り、吐土を見る。沈黙）すまないが、そこの煙草拾ってくれないか。（子供、恐る恐る煙草を拾いにいき、吐土の方を向いて躊躇する。沈黙）なにもしやしないよ。放ってくれればいい。（子供用心して煙草を吐土のまえへ放る）ありがとう。（子供、二、三歩吐土を避けて歩き、それから必死に上手へ逃げていく。吐土、新しい煙草に火を移し、元の吸いさしの火を消し、うまそうに吸う。奴埋頭を垂れて沈黙）うまい、煙草がこんなにうまかったことはない。（沈黙）静かだ。一本の煙草がおれに瞑想を与える。死にかかった二つの生命。糞喰らえ！　（身をよじろうとする）あいてて、畜生！　生きていることはひどい痛さだ。骨が折れるほど。おれはいらないから、欲しけりゃ、おまえさんにくれてやるよ。

奴埋　（頭を上げる）なにをくれるんだと？

吐土　おれの生命だよ。

奴埋　おまえの生命をもらったところで、おれの生命が殖えるわけじゃねえ。そのうち、またたれか通るだろう。

吐土　おまえさんはいつもだれか通るのを待っていたな。おまえさんに手を差し伸べ、助けてくれるのを。

奴埋　それはおまえのことじゃねえか。おれはいつもおまえを助けてやってきた。おまえはなにもせずにな。

吐土　助けてくれといった覚えはないね。解決を求めていたんだ。なにかがおれの生活を解決してくれるのをな。おまえさんはいつも風を待っていたよ。幸運を運んでくるのを。

下手より一人の僧、片手に聖書を持って現われる。奴埋と吐土顔を見合せる。

吐土　（声を低めて）たばこ！　たばこを使うんだよ。

奴埋　（うなずく）神の使いだ。（弱々しい声で僧に）神父さま、お助け下さい。この重い柱の、下敷になって、息も絶え、絶えです。（喘ぐ）

僧　（立ち止り、おもむろに奴埋を眺める）おお、今、尊い生命が一つ失われようとしています。（朗読するように喋る）世界の終りです。最後の裁きの時はきました。ああた方神の子は、この苦痛と苦悩によって、過去の罪業から救われるでありましょう。（奴埋のまえへいって跪き、十字を切り、聖書を左手に、右手を奴埋の頭にのせて祈り始める）

奴埋　（苦しそうに）わたしを、助けて下さい。わたしはまだ生きて、自分の生命を、大切にしたい。わたしのすべてを、あなたに捧げます。（僧に煙草の箱を差し出す）これがわたしのすべてです。

僧　（右手で制し、再び奴埋の頭の上に手を置く）神は必ずこの痛ましい受難を見ておられます。この重い柱に打ちひしがれたああたの苦しみ叫ぶ姿を。今、ああたは、神の御前《みまえ》で、過去を懺悔する機会を与えられておるのです。

奴埋　ざんげします。ざんげします。早くこの柱を。おおう、腰が砕けそうです。

僧　心を落ち着けて、静かに目をつむり、この聖書の上に右手を。（奴埋右手を置く）そう。さあ、目のまえの渦の止るのを待って、一つ一つ思い出しなさい。一つ、一つ、遠い過去の、近い過去の、すべての罪を懺悔するのです。そのとき、ああたは救われます。地獄でなく、天国の階段を、昇ることができるのです。

奴埋　わたしはまだ天国へいきたくない。

僧　もっとも、もっとも。ああたは今地獄の坂道を下っているところです。すぐには天国にはゆけませぬ。さあ静かに目をつむって。

沈黙。

奴埋　（聖書の上に右手をのせ、一言一言涙まじりに話し始める）わたしは今まで、一度も神さまに掌を合わせたことがありません。懺悔したこともありません。
僧　（機械的に）なあるほど、それで？
奴埋　（間。ぼそぼそと）それで、（間）わたしはなにを懺悔したらよいやら分りません。
僧　（同じ）なあるほど、それで？（間）いや、は、なんでも、あなたの誤ちだったと思うことをいえばいいのです。
奴埋　わたしはいつも誤っていたか、正しかったかのどっちかです。
僧　神に祈らぬ者の心はつねに曇っておるのです。それはああたがつねに誤っていたということです。
奴埋　それでわたしは幸せでした。
僧　ああたは不幸だったのです。
奴埋　幸福とはなんですか？
僧　祈ることです。ああたは今救われようとしている。ただ過去の誤ちを話せばいいのです。素直に。
奴埋　（両手で頭を抱え、思いついたように顔を上げる）ありました！　わたしは鼠を殺しました。
僧　（機械的に）なあるほど、それで？

奴埋　（両手で頭を抱えて考え込み、思いついたように顔を上げる）わたしは乞食に金をやりませんでした。
僧　（同じ）なあるほど、それで？
奴埋　（まえよりも速く同じことを繰り返す）わたしは女房に子供を産ませ、自分はなにもしませんでした。
僧　（同じ）なあるほど、それで？
奴埋　わたしは自分の子供に、おまえを産んだのはわしでなくてかあちゃんだといいました。
僧　（同じ、まえよりも大きな声で）なあるほど、それで？
奴埋　（力を込めて）わたしは、墓石の苔を取りました。
僧　（一層大きな声で）なあるほど、それで？
奴埋　（一層力を込めて）わたしは、妻に金の置き場所を教えませんでした。
僧　（急に生き生きと）ふん、ふん、なあるほど、で、それはどこにあるのかね。
奴埋　（催眠術にかかったように）この屋根の下です。
僧　ふん、この屋根の下じゃとな？　確かにな？
奴埋　はい、わたしの身体の下辺りに。
僧　間違いないな。
奴埋　間違いありません。

僧　（声を低めて）で、それは相当多額かな？

奴埋　はい、わたしには大変多額な金で。

僧　よろしい。（説教のように）汝まことに正直この上なき男なり。過去の罪をすべて懺悔し、今この大いなる十字架の下で、静かに神の救いを待っておる。汝は必ずや、神の御国へ招き入れられるでありましょう。（普通の口調で）あたしもああたのために祈りを捧げるのです。（十字を切り、深く頭を下げ、なにかぶつぶつと唱える）

奴埋　ありがとうございます。どうぞ、この煙草をお取り下さい。（煙草の箱を差し出す）これがわたしに残っているすべてです。さあ、もう、わたしを助けて下さい。早く、この柱の下から。（弱々しく）もうこらえられねえ。頭がぼんやりしてきた。

僧　（静かに）心を平静に。十字架の苦難が大きければ大きいほど、ああたはより高い天国へ昇れるのです。静かに、目をつむって、（間）神の名を呼ぶのです。（奴埋の肩に手をかける）静かに。じきに迎えがくるでしょう。（そっと立ち上り、去りかける。吐土急に左手を伸ばし、僧の左足を摑みかかる。僧驚いて跳び退がる）ひえ！　（右手を胸に当てて息を整える）ほお、こ、こ、に、も、受難者が。（間。喘ぎながら）ああたは、その柱の下で、苦しくないかな。煙草を吸って、おられるが。（用心深く吐土の前に跪く）ああたにも、祈りを上げて進ぜよう。（朗読調で）この果しない受難者の苦悩。十字架の枷の痛苦のうちに、ああたの過去のすべての罪業は赦され、ああたは心の隅々まで浄められ、天国への階段を……。

吐土　（大声で）詐欺だ！　黙れ！　（持っていた煙草の火を、僧の聖書を持った左手に押しつける）

僧　（跳び上る。煙草一緒に飛ぶ）あちち！（怒りに興奮して言葉にならず、吠えるような声を発して後へ跳び退がる）ほおお、ほおおお！　お、おまえは、あ、あくまじゃ。地獄の火に呪われろ！

吐土　ここは地獄じゃなかったのかね。

僧　（左手の甲をしゃぶりながら）ほお！　ほおお！（乱れた足取りで立ち去りかけるが、思い出して立ち止り、吐土の方を振り向き、ポケットから煙草の箱を取り出し、一本抜いて口にくわえ、しばらく様子を見る。やがて、一歩一歩吐土に近づき、へっぴり腰で手を伸ばし、素早く吐土の捨てた煙草の吸いさしを拾い上げる）

吐土　（脅すように）わあっ。（僧びっくりして跳び退る。自分の煙草に火を移すと、吐土の煙草を捨てて足で踏み、一服吸い、吐土を威嚇するような身振りをしてから、聖書を片手に悠々と、気取って上手へ去る）

吐土　わっはっはっは。あっはっはっは。こいつは面白い。

奴埋　（間。意外に大きなしっかりした声で）黙れ！　おれは見世物じゃねえ！

吐土　まるで見世物だ。とてもまともにゃ見えないよ。（口真似する）おたすけくださいい。おたすけください。（間）おちつきなさい。しずかに。めをつむって。ああたはてんごくへすくわれる。（もとの口調に戻って）おまえさんは天国へゆくだろう。

下手より、大きなカンバス、三脚、絵の具箱、筆洗い、折り畳み椅子を持った絵描きが入ってくる。奴埋のまえで感嘆を発して立ち止る。

画家 ああ！（奴埋の苦しむ姿を観察する）これだ！（さっそく道具を下ろし、絵を描く用意をし、カンバスのまえに腰掛けて木炭を取り、じっと奴埋を見つめる）ついに見つけた。

奴埋 （苦しげに）おお！

画家 （身振りと共に口真似をする）おお！（木炭でデッサンを始めるが、絵は描かれぬ）

奴埋 助けてくれ！

画家 （身振り）助けてくれ！

奴埋 だれだおまえは？

画家 ぼくだ。

奴埋 きてくれ！

画家 （同じ）きてくれ！

奴埋 死んでしまう！

画家 死なないでくれ！（せっせと手を動かす）この苦しみ。これこそぼくが探していた、苦悩の象徴だ。現代の悲劇！

奴埋　おおお！

画家　（口だけで）おおお！　永久にカンバスの上に留める。人類の永遠の十字架だ。

奴埋　死ぬ！

画家　（中腰になる）しっかりしろ！　その苦痛の姿を描き上げるまではな。（パレットと筆を取り上げ、筆でなぞり始める）芸術のためだ。君の、その叫びは、ここに塗り込められるのだ。この歴史の証人によって、この絵はいつまでも叫び続けるだろう。

奴埋　痛い！

画家　痛い！　こりゃ、女房のお産よりも苦しそうだ。生まれるときより、死ぬときの方が苦痛のようだな。

吐土　生まれるときの方が苦痛だ。

画家　（その声に驚いて跳び上り、筆を止めて吐土の方を振り返る）君も生きていたのか。

吐土　すまなかったね。死は永遠の休息だが、生まれることは数十年の苦痛の始まりだ。

画家　（再び描き始める）君はなんで助けを求めないのかね。割合元気のようだが。柱の下に寝ていたいのかい。

吐土　趣味でこうしてるわけじゃないがね。自分の方から生きることを選びたくないのだ。（間）二度目だからね。

画家　ほう、まえにも災難に遭ったことがあるのかね。（筆を止める）

吐土　三十年まえにな。おふくろの下腹の穴の中で頭を挟まれて、にっちもさっちもいかないでいた。おれは泣かずに黙っていた。医者が鉗子でおれを無理矢理穴から引っ張り出したのさ。その跡がここにあるよ。（額の生え際の髪の毛を分けて見せる）おれは明るい所に出て、息をし始めた。それでこの三十年間、えらい目に会わされた。おれは暗い穴の中に入ったままでいればよかったのだ。なんとなく外に出たくない気がしたんだ。あんたはなんで絵なんか描いているのかね。世界の終りのときかもしれないのに。

画家　（再び描き始める）これから始まるのだ。すべてはこれから始まる。

吐土　もうたくさんだ。

画家　君は生きたくないのかね？

吐土　なんのために？

画家　見るためにだ。

吐土　なにを？

画家　（太い声で）歴史を見届けるのだ。

吐土　これが歴史の最後だよ。

画家　生き残る者がいる限り、歴史は続くのだ。

吐土　おれはまだ生き残ったわけじゃない。おれが死ねば、おれの歴史は終るんだ。

画家　君が死んでも、歴史は続く。君はまだ死んではいない。死を選ぶかね？

吐土　こうしていれば死ぬだろう。

画家　だれか助けにくるかもしれない。

吐土　断わればいい。

画家　耐えられるかね、苦痛が？　柱が肉を潰し、骨を擦り、そこに蛆がわく。刺すような飢え、燃えるような渇き。

吐土　（強く）止めろ。（間）おれを助けてくれ。（弱く）そうして、おれは首を吊って死ぬ。

画家　ほんとうに？　死ねるかね？　三十年も生きて。億劫なことだよ、死ぬってのは。

奴埋　おお！　助けてくれえ！

画家　おお！　助けてくれえ！　ぼくは死ぬまで観察を続ける。死ぬときになって、自分がなんのために生きてきたかが分るだろう。そのときこそ、生き甲斐を感じ、満足して死んでいけるのだ。

吐土　それじゃ、おまえさんは観察するために生きているんじゃないか。初めから分ってることだ。

画家　（狼狽して）いや、もっと他の理由があるはずだ。きっとある。いつかそれが分るだろう。

奴埋　おおお！

画家　おお！　これこそ人間の苦悶の声だ。ぼくはそれを観察した。それを記録する。

吐土　おれは観察しないのかね？

画家　君のようなわけの分らん人は描けん。

吐土　おれの方がずっと深刻な悩みだ。生きるべきか死ぬべきか。

画家　君は笑っている。

吐土　あの男は（奴埋を指す）ただ叫んでるだけだ。おれは迷っている。おれの方が典型的な人間の悲劇だ。なぜおれの方を見ない。

画家　君は迷ってなんかいないよ。そういうだけだ。生きたいに決ってる。君のような人間は、結局生き残っていく。今までも生き残ってきた。

吐土　おれは柱の下で動けないんだぞ。

画家　君は動けるようになるのをじっと待っている。

吐土　おれは死を待っているのだ。

人見の声　（下手より）奴埋！　奴埋！

下手より、逞しいが、疲れた様子の女、人見《ひとみ》が現われる。

人見　奴埋！　奴埋！

画家驚いて筆を止めて様子を見る。

奴埋　（歓喜し）人見！　無事だったか！　ここだ、助けてくれ！

人見　（奴埋を認め、泣き声で）奴埋！　（髪を振り乱して奴埋の所へ馳け寄る）しっかりして！

奴埋　人見！　（夢中で人見の腕を摑む）この柱が。

人見　しっかりして！　（奴埋の上の柱を必死に持ち上げようとする）

奴埋　いてててて！

人見　頑張って！　（さらに試みるが柱は動かぬ）だれかきてえ！（画家に気がつく）ちょっと、あんた手伝って、人が死にかかってるっていうのに、絵なんか描いて。（画家のそばへいき、画家の腕を摑まえて引張ろうとする）

画家　（震えて）離してくれ、離せ、ぼくはただ、絵を描いているだけだ。（人見の手を振り払い、慌てて道具を仕舞う）

人見　人を助けるのが恐いの？　（画家、三脚もたたまずに持ち、逃げるように下手へ去る。筆洗いが一つもとの場所に忘れられている）

吐土　（画家の後姿に向って）もう観察は終ったのかね？　あとはおれが観察しよう。

人見　（金切り声で）卑怯者！　（強く地面を踏み鳴らす）裏切り！

吐土　恥ずかしがり屋なんだ。

人見　（吐土に気がついて）あんたも柱の下なのね。
吐土　（ためらうように）いや、おれはいいんだ。
奴埋　早くしてくれ！
人見　だれか、だれかきて！　助けにきて！
吐土　もうだれもいない。

人見は奴埋の所へ馳け戻り、再び柱をどかそうと努力する。
そのとき、下手より画家、恐る恐る足音を忍ばせながら戻ってくる。筆洗いを摑む。

画家　無駄だよ。
吐土　（大声でおどすように）へえ！（画家慌てて転ぶ。筆洗いの蓋が転がるが、本体はしっかりと右手に握っている。腕を伸ばして蓋を拾い上げ、吐土の方を窺い、やおら立上って逃げていく）はっはっは、自信がないんだ。
人見　（驚いて振り向くが、再び柱に取りかかる）しっかりして！　すぐ助けるわ。
奴埋　（細い声で）はやく。
人見　（しばらく考え、細い棒を探し、太い柱に曳きずり寄せ、てこの応用で奴埋の上の柱をわずかに持ち上げる）ううん！　はやく！　はやく出て！　はやく！

奴埋　（力をふりしぼっていざり出る）かっ！

人見　早く！　早く！

奴埋　（腰と足が柱の下から現われる。柱の外へ這い出るとその場にがっくりと伏す）出た！

人見　（棒を離し、奴埋の上に跳びかかるようにして抱き起し、その顔を接吻で覆う）奴埋！　奴埋！　（泣き声で）助かったわ！　あたしたち、助かったわ。（沈黙。奴埋、自分がその下にいた柱をじっと見つめる）生き残った！　神様。（祈る真似をする）

奴埋　神を信じてるんかね？

人見　今は信じる。これが神様の御心だったんだ。二人だけになった。

吐土　（ゆっくりと）まだおれがいるよ。

奴埋　あの柱の下に、おれの妻と子がいる。

人見　もう死んでいるわ。

奴埋　（泣く）可哀そうに。苦しかったろう、妻子《つまこ》！

人見　無駄だわ。あたしの家族もみんな死んだ。奴埋。（奴埋を抱き、顔を寄せる）

奴埋　おまえだけだ。

人見　とうとう。あたしのものになった。

吐土　ああ、（溜息をつく）死んだ者は幸せだ。

奴埋　（腕を伸ばす。喜びの色を浮かべ）おれは生きている。（空を見る）助かったんだ。

人見 さあ、立って。ゆきましょう。（奴埋を助け起す）大丈夫？
奴埋 痛い！（人見にすがりつく）
人見 そおっと、そおっと。（奴埋の肩を支えながら、ゆっくりと下手へ歩む）
吐土 （ためらいがちに小さな声で）奴埋！
奴埋 （立ち止って振り返る）なんだ？
吐土 （うなだれて恥じるように）なんでもない。（沈黙。奴埋、人見に支えられ、ゆっくりと下手へ消えていこうとする。泣き声で）おれを置いていくのか。
奴埋 （人見と共に立ち止まって振り返る）おまえは助けはいらぬといったぜ。また生きてみる気になったのかえ？
吐土 （間）奴埋！
奴埋 なんだ？
吐土 （間。泣きながら、弱々しく）たすけてくれ。
奴埋 （しばらく吐土を見つめる。人見に）あの男を助けてやれ。
人見 せっかく二人だけになったのに。
奴埋 あの男はおれの部下だった。人間、仲間がいた方がいい。役に立つだろう。
人見 もう力が出ないわ。（奴埋を促して去ろうとする）
奴埋 じゃ、おれが助けてやる。（人見の腕を離そうとして、人見の足元に崩れ落ちる）

人見　あぶない！（慌てて屈み、奴埋を抱え上げようとする）

奴埋　離せ！　いやなら、あの男を助けてやれ。

人見　あんな男、生かしたって、なんの役にも立ちゃしないよ。足手まといになるだけさ。（奴埋の足を伸ばしてやり、いまいましそうに、先程使った柱と棒を持って吐土を助けにいく。吐土の上の柱を荒々しく、ほんのわずか、てこの応用で持ち上げる）ええ！　そら！　早く出なよ。なにぐずぐずしてんの？（吐土、頭を抱え、すぐに出てこようとしない）こら、重いんだよ。手を離すよ！　ほら。（吐土の横腹をけとばす）

吐土　あいたたた！（びっくりして柱の下から這い出す）

人見手を離し、棒を放り投げ、奴埋の所へ馳け寄って助け起す。

奴埋　吐土は、おれのことを恩にきるだろう。（人見に運ばれるように下手へ去る）

舞台薄暗くなる。
吐土うずくまったままときどき泣く。

吐土　（泣き声で）また生きてしまった。駄目だ、おれは、やっぱり、死ねない。（間）また始まるのだ。あの変りのない毎日。目が覚める。なにか食べる。働きにゆく。食べるものを買うために。太陽がてっぺんへくる。仕事を休む。なにか食べる。また仕事を始める。太陽が傾く。仕事を止める。またなにか食べる。そして太陽は沈む。夜。おれはじっと星を見つめる。（空を仰ぐ。両腕を上げる）なんにも見えやしない。（間）なんにも聞こえはしない。じっと目をつむる。（目をつむる）なんにも考えない。（間）なんにもない。（目を開けて辺りを見廻す）だれもいない。たった一人だ、おれは、今、なんでもできる。だれもなにもいわない。（二、三歩、歩く）おれにはなにもすることがない。しゃべることもない？　いや、しゃべることはある。（間）無駄だ。だれも聞いちゃいない。おれはだれにしゃべってるんだ。自分にかな？　独り言だ。（間）おれは金を貰う。それで食べ物を買う。だれのために？　自分のためだ。無駄だ。なんにもなりゃしない。（間）はっはっは、食べたいからだ。なんのために？　生きるために？　違う。べつに、生きたくはない。ただ、食べたいからだ。それから家賃を払う。なんのために？　住む所がなくなるから。それも住みたいから？　べつに住みたくはない。こんな汚い所。他にいく所がない。なんだと？　いく所がない！　おれはさっきからここに立っている。ずっとまえからここに住んでいる。いく所がないからだ！　もともとあるはずがない。いく所がないから生まれてきたんだ。それから服を買う。だれのために？　自分のためだ。なんのために？　みっともないから。（自分の身なりを見る。ズボンとシャツのボタンをはめる）はっはっは。だれも見ちゃいない。無駄だ。なんにもなりゃしない。みんな終った。なんにもなりゃしなかった。おれはまた、柱の下に戻ろう。そのうち夜がくるだろう。おれはじっと星を見つめる。それから目をつむる。なにも考えやしない。（もとの柱の所へ戻り、それを持ち上げようとする）もう駄目だ。持ち上らない！（柱の上に腰を下ろし、じっと空を見上げる）

沈黙。夜。

星だ。昨日とおんなじ所にある。星は壊れなかったらしい。おれは毎日星を眺めて暮していた。おれのしたことはそれだけだ。目をつむると星は消えてしまう。そして目を開けるともうなんにもない。夢だ。毎晩同じ夢を見ていた。おれは目をつむる。そして目を開ける。するとやっぱりおんなじだ。また同じことを始める。（間）おれは目をつむる。今度は目が開かぬ。いつもと違う夢を見る。それで終りだ。それとも、また始まるかな。今度は違うことが。無駄だ。なんにもなりゃしない。これからどうしよう。まだ何年生きるんだろう。（沈黙）なんにも聞えない。（間）あれは、なんの音だ？（間）おれの心臓の音だ。（心臓の音だんだん大きくなり、弱まり、消える。心臓に手を当てる）おれの心臓はまだ大丈夫らしい。（間）みんないなくなった。家族も、友達も、恋人も、恋人はもともといない。仲間も、知合いも、他人も、だれもいない。おれだけがいる。だれからも命令されず、だれの世話をやくこともない。（気をとりなおして立ち上り、両腕を伸す）自由だ。長いこと憧れてきた。なにかやってみよう。

棒を投げる。（棒を拾って投げる）歩き廻る。（歩き廻る）柱の上に立つ。（柱の上に立つ）おおいと呼ぶ。（おおいと呼ぶ）奴埋を呼ぶ。（奴埋を呼ぼうとする）ヌマ……いや、奴埋なんか呼ばない。ズボンを脱ぐ。（ズボンを脱ぐ）柱をけとばす。（柱をけとばす。舞台中央へ戻る）無駄だ。なんにもなりゃしない。こんなことならいつだってできた。（強く）おれはなにをしたいんだ。おれはしゃべりたい。今しゃべっている。無駄だ。だれも聞いちゃいない。おれは他人に話しかけたい。おれは他人になにかをしたい。他人を抱く。他人を撲る。他人に触わる。他人を見るだけでもいい。そうだ、おれが憧れていたのは、他人になにかをする自由だ。おれは自由に他人に話しかけたかった。他人はいつもおれを避ける。振り向きもしない。返事もしない。触わろうとすると逃げてゆく。追いかけると悲鳴を上げて、ポリスを呼ぶ。おれはなにも自由にできなかった。星ばかりを見ていた。星は人間じゃない。おれは門柱みたいにじっと立って、人がくるのを待っていた。話しかけてくれるのを。だあれもきやしない。通り過ぎるだけだ。（間）

上手暗がりより、舞子、服は裂け、半裸に近い姿で、裸足のまま、髪を乱し、思いつめた足取りで現われる。手に紐を持ち、塔の下までいき、身をもたせ、うなだれる。

無駄だ、なんにもなりゃしない。おれはもともとなにかしたいというわけじゃなかった。生まれてきたから仕方がない。なにかしなくちゃ、生きていけないからな。生きていりゃ、なにかしなくちゃならない。そうだ、おれにはもともと、最初から、自由なんか、なかった。勝手に生み出されてきたんだ。畜生！　勝手に生み落しやがって！

舞子、突然塔にひもをかけて首を吊ろうとする。

舞子　（呻く）うう。

吐土　（驚いて振り向く）だれだ！　ああ、待て！　こら！（舞子の方へ二三歩走り寄って立ち止まる）こんな恰好じゃ驚いて逃げていくだろう。そしてポリスを呼ぶ。（戻ってズボンを穿き、舞子のそばへ走り寄る。舞子を紐から外して抱く）

舞子　（吐土の腕の中でしばらくして気がつく）ああ！（足を地に着け、身を振りほどいて立ち上るが、よろけて倒れる。吐土、舞子を抱き起そうとする。舞子、腕で弱々しく払いのける）ああ！（這って塔ににじり寄り、しがみつく）

吐土　ばかなことをするんじゃない。（板切れで背もたれを作り、そこに正面向けて坐らせる。舞子の肩に手を置いて）さ、落ち着いて、（間）話してごらん。（沈黙）こわかったろう。（沈黙）父さんや、母さんは、（間）みんな死んでしまったの？（間）兄さんや姉さんも？（沈黙）話してごらん？　おじさんが聞いてあげる。（沈黙）淋しがらなくてもいいよ。おじさんも一人ぼっちだ。(沈黙。舞子泣き出す) 泣いても仕方がない。だれでも最初は一人ぼっちだったんだ。また仲間を見つければいい。探そうと思えばすぐ見つかるから。(舞子泣き続ける) もう一度やりなおすんだ。初めっから。今度はもっとうまくやろう。なにか目的をもった方がいい。目的がないと、無駄ばかりしてしまう。(舞子泣き止む。沈黙)

舞子 (発作的に恐怖に襲われ、身を縮めて震える。右手で前方を指し、左手で顔を覆うようにして) 火! 水! ああ! (悲鳴を上げ、両手で自分の首を絞めようとする。吐土あわてて手を首からもぎ離す) 火! 水!

吐土 もう終ったんだよ。もう見えない。水も火も。

舞子 (身体をのけぞらせ、右腕で前方を指し、苦し気に) 血! (両手で見えぬ敵から身を防ごうとする)

吐土 (舞子の様子を見ながら) まだおまえさんの目には見えるんだな。安心をし。ここは安全だ。なにもきやしない。(間) そうだ、なにか食べる物を探してきて上げよう。(立ち上る) 寝る所も作って上げるよ。着る物も。(自分の上着を脱ぎ、それを舞子に着せようとして、その上半身をじっと見る) ああ! おまえさんは、(舞子の破れた上衣の残りを取り去る。間) さやの中から出てきたばかりのようだ。(間) 名前は? (沈黙) このきれいな身体の?

舞子 (沈黙。じっと前方を見つめる) かぜ。

吐土、舞子の前へ膝をつき、舞子の身体を讃嘆の目で見つめる。下手より騒々しい人声と共に、奴埋が反狂乱の態で、人見は奴埋をなだめながら現われる。

吐土、あわてて自分の上着で舞子の身体を隠す。

奴埋　（片足不自由で、腕と胴体を大げさにゆすり、口をぱくぱくさせながら、必死に喉から言葉を出そうとするが、ただ獣の悲鳴のような声だけが発せられる）あ、あ、あ、（間）う、う、（間）ふお、お、ふう、（間）炭！　すみ！　はあ、は、は、は、火！　ひ！　あああ、死！　し！　し！　し、しん……。

人見　（奴埋の身体を支え、腕を押えようとしながら）あなた！　あたしよ！　こっち見て！　分る？　もう大丈夫よ。ここからはなにも見えないわ。しっかりして！　こわがらないで。奴埋！

奴埋　（同じ）水！　あ、ああ、水！　はあ、は、は、はあ、あああ、あ……（吐土のまえにいき、奇怪な身振りで自分の目撃したものを伝えようとし、奇妙な音声を発する。吐土恐怖を感じ、一歩下る。奴埋、吐土を抱こうとする。吐土、身をかわす。奴埋、やっとのことで吐土の左腕を摑む）

吐土　（恐怖して）ほお！　離せ！　離してくれ！　（奴埋、腕から順に手をずらし、吐土の手を両手でしっかり握り、哀願するように吐土を見る。吐土、悲鳴を上げる）はなしてくれ！

（乱暴に手を振り離し、逃げながら、なおも両手を振る）はなしてくれ！　はなしてくれ！

（奴埋、二、三歩、吐土を追って立ち止まり、絶望して観客の方を向く）

沈黙。舞子は前方を見つめている。吐土は驚いたように自分の両手を見る。静かに舞子の方へいき、膝をつき、腕を伸して舞子の腰に手を当て、舞子の顔を見つめる。間。

舞子　（細く）かあぜ。（間）

幕

第二幕

第一場

数週間後。

戸外とも屋内ともつかぬ二つの住居。右側は吐土、左側は奴埋の家。生活を表わすいくつかの品物。吐土の住居の横に第一幕と同じ塔。塔の上に吐土、舞台奥を向いて坐っている。

吐土の家で、舞子がパンの粉を練っている。

奴埋の家のまえで、奴埋は人見と一緒に古材で棺桶を作っている。辺りには古材といくつかの製品が並んでいる。奴埋の住居の方が豊かである。

朝。

吐土　廃墟だ。（間）

奴埋　まるで鳥だ。まいんち塔の上にとまって、遠くばかり見ている、朝っぱらから。さっさと下りてきて、働いたらどうかね。おまえたち二人、だれのお蔭で生きてると思ってんだ。

吐土　石と、木と、（間）鉄の墓場だ。緑もなくて。

奴埋　（人見に）おい、そこの板取ってくれ。（人見、奴埋に板を渡す）作りゃ作るほど売れるんだ。こうなりゃ金だけが頼りさ。かせげるだけかせいどかなきゃ、のたれ死にだ。（吐土に）みんな自分で生きてかなくちゃならねえんだからな。なあ、おい。（乱暴な口調で）他人のことなんざ、かまっちゃいられねえ。（人見に）釘、釘。（人見、釘の箱を手渡す。人見に）おまえもぼやぼやしてないで、よさそうな板んぱを拾ってきな。（そばにあった縄を放る）

人見、縄を拾い、黙って下手へ去る。

吐土　土が流れる。おお、空気が。（間）煙だ。形もない。あれは、（間）壁。ない。なんにもない。（舞台正面に向きなおり、目をこらして客席を見る）死んでる！　じっと、砂袋のようになんにもいわない。はんぱ物のように並んでいる。隠すものもなくて。

奴埋　おおい！　いつまで見てるんだ。何度見てもおんなじだよ。死骸がふえるだけだ。土になっちまわねえうちに、早く棺桶を作るんだ。ほい、昼がきちまうぞ。

吐土　なんにも答えない！　畜生！　なぜ黙ってるんだ。口がきけねえのか。（間）ああ、（泣き声で）死んでる、畜生！　おれはどうして生きているんだ。（同じ）一人ぼっちで。（思い出したように急いで塔を下り、舞子の前へいってしゃがむ。舞子、手を休めて吐土を見る）おまえさんの名前は？　（舞子動揺する。沈黙）おまえさんの名前をいってごらん。（間）

舞子　（弱々しく）かぜ。

吐土　それは名前じゃないよ。揺れ動く空気のことだ。おまえさんはなんと呼ばれていたんだ？

舞子　（同じ）かぜ。

吐土　みんな、おまえさんのことを、なんて呼んでたんだね？

舞子　（少し強く）かぜ。

吐土　何度聞いても同じ、かぜ、かぜだ。（間）よし、おまえは風に吹かれて舞い込んできた子だから、まい子という名をつけよう。まい子と呼んだらおまえのことだ。はいと返事をするんだよ。いいか、まい子。

舞子　（弱々しく）かぜ。

吐土　はいというのだ。

舞子、頭を横に振り、パンを練り始める。

吐土、奴埋の所へいき、板を取って棺桶を作り始める。

奴埋　あ、その板はまだ新しくて上等だから取っときな。今は古いのでたくさんだ。どうせ埋めちまうんだからね。（吐土、別の板を取って寸法をとる。奴埋、手を休めて一服する）吐土、おれがいなかったら、おまえは今頃飢え死にだな。

吐土　その方がよかったよ。

奴埋　おれに働かしてくれえちったのはおまえだよ。

吐土　（悲しそうに）腹がへってたんだ。

奴埋　はは、もっともだ。腹がへりゃあ仕方ないからな。いくら働きたくなくてもな。

吐土　しかし、おれをこんなに働かすのは、おまえさんの責任だ。

奴埋　それはどういう意味だね。

吐土　おれを柱の下から助け出したのはおまえさんだ。

奴埋　生命を助けてもらっといて、大したご挨拶だね。おまえの方で呼び止めたんだぜ。

吐土　おまえさんさえいなかったら。

奴埋　ばかな、柱の下だって、腹はへるんだぞ。柱の下じゃ働けもしねえ。

吐土　おまえさんは、ほんとうにおれを助けたいと思ったのか？

奴埋　助けたじゃねえか。

吐土　呼ばなかったら？

奴埋　（間）忘れていたのだ。

吐土　（間）おまえさんはなんでそんなに生きたいのだ。

奴埋　おれは我慢ができんのだ。腹がへれば喰う。寝たくなれば女を抱く。それには女を養わなきゃならん。それには働かなきゃならん。そのうち、子供も生まれる。

吐土　子供を生む！

奴埋　その子供を育てる。新しい生命が殖える。

吐土　その子供はまた好きな女を見つける。そして子供を生む。たくさんだ。新しい生命も、古い生命も、みんな黒焦げになって死んでる。水にふやけて死んでる。

奴埋　（間）おまえは女を愛したことたあないのか？

吐土　（手を休め、うなだれる）ある。（間）過失だ。

奴埋　その女も、死んだのか？

吐土　死んだ。（間）殺したのだ。

奴埋　（身を退けて）殺した！

吐土　この、（両腕を上げ、掌を眺める）おお、止めてくれ！（棺桶の一つに入る）

奴埋　殺すほど愛したのか？

吐土　それほどおれに愛させた女が憎い。

奴埋　幸せなときもあったんだな。

吐土　その女がおれを愛していたらな。幸福、幸福、もうたくさんだ。おれは幸福てえ言葉を追いかけ、それに振り廻され、朝から晩まで、くる日もくる日も、なめし革みたいになって働いた。無駄だ。なんにもなりゃしない。おれは、今までになにをしてきたというんだ。稼いだ金は残りゃしない。みんな灰だ。疲れた身体と、鈍った頭が残っただけだ。おれのしたことはどこにも残っちゃいねえ。おれはこの世界のなにも変えはしなかった。生まれなかったもおんなじだ。頭の上に太陽が見える。もう見えなくていい。（棺桶から両腕を出す）小さな箱の中で、おれは幸せ、あたしは幸せ。子供の遊びだ。この上に蓋をしてくれ。

奴埋　しかしな、幸せというやつは、万人共通に認められた、たった一つの目的だよ。金にも身分にも関係なしに。お互い他人の邪魔にならず、自分だけで手に入れられる目的は他にありゃしねえんだ。みんなが自分の壁の中で幸せになれりゃ、これほど結構なことはねえさ。その幸せまで取り上げられた日にゃ、一体なにを目的に生きていきゃいいんだ。

吐土　自分の身体がやっと入る小さな箱の中で、隣のやつの邪魔にもならず、静かに眠っている。（棺桶から首を出す）そりゃ、墓場のムードだよ。（棺桶の底から起き上って外に出る）おれはやっぱり、こんな狭い箱の中じゃ暮せない。生きている間はな。

奴埋　（仕事を始める）役にも立たねえ愚痴並べてるうちにゃ、板でも切ったらどうだね。おまえにも扶養家族があるんだろう。（顎で舞子を指す）あの馬鹿の女をどうする気なんだえ。この食い物のないときに、一人でも口を減らした方がためだぜ、おまえのような怠け者には。

吐土　（からかうように）ふん、おまえさんのあのいかれ女はどうするつもりなんだね。自分の口も惜しいときに。

奴埋　（怒って）ばかたれ。（やけに仕事を始める）

吐土　（猛烈な勢いで一枚の板を鋸で切り、それで一つの棺桶の蓋をしてじっと見つめる。鋸を置く。塔の方を眺める）おれはゆく。（上手へ去りかける）

奴埋　（手を止めて）どこへいくんだ？

吐土　見にゆくのだ。周りの廃墟と死人の顔をだ。

奴埋　働かねえ者にゃ、パンはやれねえよ。いいな。

吐土　おれはこんな所にゃ暮せねえ。

奴埋　おれは作った棺桶一つにつき、決めただけしか払わねえんだ。（吐土上手へ向う）今日はなにも払わんぞ。飢えても、あの女が（舞子を指す）飢えても、おれのせいじゃねえぞ。

沈黙。奴埋立ち上り、吐土の後姿を見送る。舞台やや暗くなる。奴埋、舞子の方へ進み、パンの粉を練っている舞子の姿を見つめる。そのとき下手より、古材を曳きずって人見が帰ってくる。奴埋の姿を認めて立ち止る。奴埋は人見に気づき、あわてて体裁をつくろう。

奴埋　（人見に近づきながら）ああ、ご苦労。重かったろう。さあ、こっちへきてお休み。（人見

の板を持とうとする）

人見　（退いて、板の束を放り出す。冷たく）なに見てたの？

奴埋　なに、あ、ただ、吐土のやつめが、ちっとも働かねえで、また外へほっつきにいきやがって、それで腹が立って……。

人見　あんたは働かないで、あの女（顎で舞子を指す）ばかり見てたんでしょ。あたしが材木かついで息切らしてるときに、あの女と……。

奴埋　冗談じゃない。おれはこの棺桶を一つ作ったよ。今は、ちょっと休んでただけだ。さあ、疲れたろう。お茶でも入れよう。（いたわるように人見の腰に手を廻す）

人見　（奴埋の手を撥ねのけ、拾って来た材木をけとばす。ヒステリックに）うるさい！　あたしなんかどうだっていいんでしょ。あんたの身体の世話して、働きさえすりゃ。

奴埋　人見！

人見　あんたは一度だってあたしが好きだったことはないんだ。だれもあんたのそばにいてくれるものがいないんで、あたしを好きだといったんだ。そうだわ。あたしに飽きたんで、いつも外に働きにいかせて……。

奴埋　人見！　（やさしく）なにかあったのかね。（人見の背中に手を廻す。人見離れる）さあ、ここでお休み。（棺桶を二つ並べ、その上に板を置き、毛布を掛ける）なにか食べる物を作ってあげよう。（人見に近づき抱く）

人見　（身をもがきながら、泣き声で）止めて、あたしは人形じゃない！（沈黙。奴埋無理に接吻する。唇の下から）はなして！

奴埋　（訴えるように）ひとみ。（手に力を入れ、接吻を続ける。人見、身をまかし、奴埋に棺桶の上に連れていかれ、寝かされる）

照明さらに暗くなる。

奴埋は人見の着物の一部を取り、自分も一部を脱いで棺桶のベッドの上に横たわり、腰を動かし始める。ときどきあえぎ声。

舞子ゆっくり立ち上り、中央へ進む。

風の音が低く、徐々に大きく、発作的に鳴る。

舞子　かぜ。（間。まえよりも強く）かぜ。

奴埋　（間）なんだあれは？（身を半ば起す）ああ、風の音か。（再び横たわり、抱擁と愛撫を続ける。間）

舞子　（単調な声で歌う）

かぜのたつ

おびのふるえ

かみのなる
なみのたつ
にくのやぶれ
ちのながる

ときのたつ
あなのくちて
はのならぶ

風の音弱まり、死者達の呻き声が、遠く近く交錯して、新たな風のように起る。奴埋を呼んでいるようにも聞える。
舞子、塔の方へ歩み寄りながら歌を繰り返す。

かぜのたつ
おびのふるえ
かみのなる

なみのたつ

にくの……（だんだん弱まり、聞えなくなる。舞子、塔を摑む）

奴埋　（恐怖の意識に襲われ、言葉も動作もぎこちなくなる）あれは、なんだ？（起き上る）

人見　（甘い声で）あなた、（奴埋の腕を引っ張る）あなた、ゆかないで。

奴埋　（人見の腕を振り払う）は！　死人たちの声だ。（立ち上り、腰を隠す）おれを呼んでる。

人見　あなた。

奴埋　（舞台中央へ歩み出る。にやっとしながら）棺桶か。棺桶が欲しいのか？　待ってろよ、もう少しの辛抱だ。あの怠け者が働いてくれさえすりゃ、もっと早くおまえたちを入れてやれるんだが。（死者の声高まる）淋しいのか？　苦しいのか？　ああ、分る。じきに白木の箱、いや古木の箱だが、持っていってやるよ。おまえたちはその箱の中で、一人一人幸せになるんだ。だれにも見られず、だれにも触れられず、平穏に。死後の安楽を祈ってやろう。まるで坊さんだな。（死者の声はそれを打ち消すように起り、奴埋の眠れる意識を目覚めさせ、不安にする）なんだと？（助けを求めるようによろめき廻りながら）黙れ！　ここはおれの庭だ、静かにしろ。おれの平和を乱すやつは、断固として容赦しないぞ。

奴埋の言葉が終わらぬうちに、吐土が上手より狂ったように現われる。手に焦げた奇妙な形の木の枝を曳きずって。
舞子、自分の住居に戻り、パンの粉を練り始める。

吐土　炭！　炭だ。

奴埋　吐土！　帰ってきたか！（両腕を拡げて吐土を迎える）戻ってきたんだな。（吐土を抱こうとするが、吐土、奴埋を振り離す）

吐土　（木の枝を手から落し、腕を上げる）腕が、黒焦げの枝だ。（両腕を硬直させる）顔が、灰だ。髪が燃えて、白い足が、水の中から、赤く開いた目が。死んでる、みんな。血が、石の上で、黒く乾いて。みんな動かない。

奴埋　（震えながら）だからいくなといったじゃねえか。ここしかいる所はねえんだ。おれたちゃ、ここにいりゃいいんだ。ここにいりゃ、もっと暮しもよくなる。だんだん楽になる。忘れることだ。外のことは。

吐土　すみ！　炭だ！

奴埋　吐土！　（吐土の手を握ろうとする）ここにいてくれ。おれと一緒に、仲よく暮そう。食べ物もやる。吐土！　おれは（吐土の右手を両手で握り、哀願するように）聞える。あの声が、あの声が聞えないか、死人たちがおれを呼んでいる。こわいんだ、吐土、いかないでくれ。

吐土　離してくれ！　（強く奴埋の手を振り離す）はなせ！

奴埋　（耳についた蜘蛛の巣を取るような仕種をしながら）止めろ！　止めろ！（人見の所へ戻り、人見の横へ上って人見を抱く）おまえはいつまでもおれのそばにいてくれるな？　おれたちは、ここにいて幸せになろう。

風の音と死者達の声止む。

吐土　（舞子のまえへいってしゃがむ。舞子、手を休めて吐土を見つめる）アー。（もっと大きく）アー。

舞子　（弱々しく）アー。

吐土　ナー。（もっと大きく）ナー。

舞子　（同じ）ナー。

吐土　ター。（もっと大きく）ター。（沈黙）ター。（沈黙。激しく）ター。

舞子　（やや大きく）ター。

吐土　（大きく）ガー。（沈黙）ガー。（沈黙）ガー。（沈黙）ガーガーガー。

舞子　ガーガーガー。

吐土　（一語一語はっきりと）アーナーターガー。

舞子　ターガーガーガー。

吐土　ばか。アーナー。

舞子　アーナー。

吐土　ターガー。

舞子　ターガー。

吐土　アーナーターガー。

舞子　ナターガー。

吐土　アーナーター。

舞子　（間。はっきりと）アーナーターガー。

吐土　（感嘆の声で）できた！

舞子　（突然立ち上り、狂ったように舞台中央へ走り出て、身をよじり、自らの首を絞めるようにしてぐるぐる歩き廻る）うおーおうーうう－、火！　水！　ああ！　（恐ろしい悲鳴を上げて）火！　水！　（ぐるぐる廻る）ああ！　（悲鳴を上げて倒れる）

沈黙。吐土、茫然と立ち上ったまま、自らも自分の首を左手で絞め、右腕を上げて眺めている。

溶暗

第二場

数週間後。夜明け。

第一場と同じ情景。奴埋と人見の住居は以前より立派になり、身なりもよく、人見は派手な恰好をしている。棺桶はなく、無数の墓標とその材料が立てかけられてある。奴埋と人見は朝食の用意をしている。

吐土は右手の塔の上で、舞台奥を向いてしゃがんでいる。舞子は髪を梳いている。

あたりはだんだん明るくなる。

吐土　（右腕を前方に伸す）そら、明るくなってきたぞ。灰色の空に火がついたようだ。燃え拡がる。今出るぞ。そら、今度こそ今だ！　今だ！　今だ！　（脱糞するように中腰になる）今だ！　（感嘆の声で）出た！　（左手で尻を撫で、またしゃがむ）太陽が、半分、ふくれる。どんどんふくれる。ぐるぐる廻ってる。（間。立ち上る）また始まりだ。同じことを繰り返す。（両腕を上げ、深呼吸を一回する）ああ、腹がへった。（塔を下りて、舞子の所へいき、しゃがむ）ア、ナ、タ。

奴埋と人見、食事を始める。

舞子 ア、ナ、タ。

吐土 ア、ナ、タ、ガ。

舞子 ア、ナ、タ、ガ。

吐土 (間) パン、あるかい? (舞子、首を横に振る。沈黙。力無い足取りで奴埋の所へいき、卑屈に身を屈め、右手を差し出し、恥かしそうに) なにか、(間) 食べる物を。

奴埋 一週間分の前貸しだよ。これ以上、働かねえ者にゃ、腐ったパンのかけらも、葡萄の屑もやれねえよ。欲しけりゃ、勝手に探して喰いな。ぐうたら。

吐土 働きます。

奴埋 聞き飽きたよ。ハタラキマス。ハタラキマス。どれだけ働いんだえ、板の一枚でも削ったかえ?

吐土 (何度も頭を下げながら) 今度こそ、一生懸命働きます。

奴埋 働いてからなんでもいってもらおう。おれはそういつまでも人助けはできん。自分一人の体を養うのも並大抵のことじゃねえんだからな。一週間も助けりゃ、だれからも非難される筋合はねえし、八日目からはお断りだよ。毎日、毎日、働きもしねえで、外をほっつき廻り、死体の顔を眺めちゃあ他人の暮しを盗み見し、崩れた壁を撫でてみたり、埋めた墓を掘り返したり、焦げた木の枝を拾って、それにパンの実が成るとでも思ってるのかえ。「見るのだ、この目で見届けるのだ」、結構な台詞だ。おまえの目も、焦げた魚の目玉のように白くなったら分るだろう。おまえさんは生きたくないといったな、最初に。（間）死んだらどうだ、死んだら。そのまま我慢すりゃ、お望み通りさ。

舞子　（鸚鵡《おうむ》のように）アナタガ、アナタガ。

吐土　（驚いて振り返り、舞子の方へ二、三歩進む）おお、話した。あの娘が言葉をしゃべった。（間。舞台中央へ戻る）死にたくもない。分らない。分るまでは死にたくもない。（再び奴埋のそばへいって眺める）なにか、残り物でもあったら。昨日からなにも食べていないのです。働く力もなくなって。

奴埋　（冷たく）食い物があるときに働いとかねえからいけねえのだ。

吐土　なにか、食べて、元気が、出たら、すぐ、働きます。それを少し。（右手を奴埋と人見の間に差し出す）

人見　いやだよ、この人、気持が悪い。

奴埋　汚い手を出すな。それもおまえの観察か。（吐土の腕を摑み、押しやる。吐土、その場へ崩れるように倒れる）ここはおれの家だ。出ていけ。（間）

人見　なにかやって追っ払ったら、この乞食。

吐土　（細い声で）働きます。なんでも、します。（ゆっくりと起き上り、鋸を取り、病人のよう

に一枚の板を切り始める。鋸の音が単調に続く）

舞子 アナタガ、アナタガ。

吐土 （手を休め、舞子の方を見、だるそうに手を上げる）待っているんだよ。（再び切り始める）

奴埋と人見は食事を終え、人見は片づけ、奴埋は煙草を吸いながら吐土を眺める。

人見 あんなことでお金になるとでも思ってるのかしら、あの人。今日もまた太陽が照りつけるわ。

奴埋 ああ、死人の肌も日に灼ける。墓の土も乾く。

人見 お供えの花も枯れてしまうわね。

奴埋 だれが供えたんだ。

人見 あたしよ。

奴埋 だれの墓に。

人見 知らない。

奴埋 死んだ者に花は無用だ。棺桶の中にいるだけで幸せなんだ。

人見 花の香りくらい、分るといいわ。

奴埋　それが分らないのだ。余計なことは考えなくていい。おれは、道端や川縁の芥溜《ごみ》めに捨てられてあった死人たち一人一人に、安住の箱を与えてやった。おれの女房も、親爺も、おふくろも、子供も、おまえの兄弟も、みんなおれたちの作った小さな家の中で一人で暮している。静かに、人に煩わされず、人を煩わすこともなく。今はその上に墓標を立てている。目印のためにな。おれはみんなを幸せにしてやった。それはおまえのためだ。おれのためもだ。それでおれたちの暮しも少し楽になった。

人見　あたしたちの家も、もっと立派にしなくちゃ。冬がくるまえに。

奴埋　ああ。これがおれたちの安住の家だからな。ここでおれたちは他人に邪魔されずに、二人だけで幸福に暮せる。

人見　子供が生まれるわ。

奴埋　（喜びの声で）できたのか！（優しく人見を抱いて、髪を撫でる）三人になるな。

吐土　（手を休め、肩をすくめて）恐ろしいことだ。信じられる理由もなしに、死人が生命を生む。

奴埋　おれたちの子孫を殖やそう。この家に子供が一杯あふれる。

人見　家も拡げなくちゃならないわね。

吐土　（諦めたように手を動かし始める）また苦しみが一杯あふれる。目的もなく。（鋸を置いて立ち上る）目的もなく女を愛し、目的もなく子供を産み、目的もなく墓を掘る。目的もなく冬がくる。
舞子　（吐土を呼ぶように立ち上って）アナタガ、（間）アナタガ。
吐土　（急に打ち萎れて）舞子、我慢するんだよ。生きることは我慢することだ。（再びしゃがんで鋸を引き始める）
奴埋　にぎやかになるぞ。（人見を離し）さあ仕事だ。早く墓標をこしらえてやろう。待ってるんだみんな。自分の場所に自分の名前を付けてもらうことをな。人見、あの男にパンを少しくれてやれ。その葡萄の残りと一緒に。（仕事を始める）
人見　（パンと葡萄を吐土に差し出す）ほら、お取り。今度は一生懸命やるんだよ。働きさえすりゃ、食べられるんだから。
吐土　ありがとう。（仕事を止め、恐る恐る食物を受け取り、嬉しそうに、しかし弱々しく舞子の所へいって坐る）舞子、さあパンだ。葡萄もあるよ。（パンを半分に割り、葡萄と一緒に皿にのせて舞子に渡す。吐土はがつがつとパンを食べる）

人見も仕事を始める。

舞子　（両手に持った皿の上をじっと眺める）アナタガ、アナタガ。
吐土　分ったよ、早く食べな。腹がへったろう。（舞子は少しずつかじってパンを食べる。吐土はそれを見つめる。間）舞子。（舞子食べるのを止めて吐土の顔を見る）舞子。（舞子、皿を吐土に返そうとする。吐土淋しく笑って）なんでもない。食べていいんだよ。

舞子　（皿を下に置いて）アナタガ、アナタガ。

吐土　心配しないでいいよ。（舞子の髪を撫でる）この次はもっとうまい物を持ってきて上げるからな。（舞子の皿を取って舞子の手に持たせてやる）さあ、お食べ。今はこれで我慢するんだよ。（舞子、また少しずつ食べ始める。吐土、しばらくそれを眺めたあと塔の下へいき、自分もパンを食べ始める。食べ終ると再び舞子のまえへいって坐り、舞子の顔を見る。舞子食べかけのパンを吐土に渡し、急に泣き始める）どうしたんだい？　舞子、パンがまずいのかい？

（舞子、首を横に振る）

奴埋　（吐土の方を振り向いて）ぜいたくをいう身分かね。

吐土　気分が悪いのかい？（舞子、首を横に振る。吐土、しばらく考えて思いついたように）ああ、きれいな服が欲しいのかい？（同じ）どこかへ遊びにいきたいのかい？（同じ）おれが、おれがそばにいるのがいやなのかい？（舞子、うなだれる。吐土、困ったように、舞子から少し遠去かる）おれは向うへいった方がいいんだね？（沈黙。舞子、俄かに前より激しく泣き出す。吐土、途方にくれたように）あ、あ、あ、（沈黙。大きな声で）舞子！

舞子　（驚いて泣き止む。もだえるように頭、手を動かしながら）ミ、チ、ツ、カ、ヒ、ズ、ナ、ノ、タ、ゼ、ヨ、オ、オ、オオ、おうおう、あ、あ、ア、ナ、タ、ガ、ア、ア、ア。（再び泣

き出す）

吐土、奴埋、人見、立ち上って不安そうに舞子を見る。

吐土　（舞子に近づいて）舞子！　どうしたんだ、なにがいいたいのだね？

奴埋　（吐土のそばへきて）吐土、あんまりたくさん言葉を教えない方がいいよ。弱いんだから。（自分の頭を指す）ますます頭が混乱しちまうよ。こっちの頭までおかしくなってくらあ。（自分の頭を叩く）

人見　（奴埋のそばへきて）吐土が悪いんだよ。いろんなこと教えるから、あんな小さな子に。なにも知らないままに、そっとしといた方がいいんだよ。

吐土　おれはあんな言葉、教えたことない。

奴埋　なにも知らない方が幸せなんだよ。黙って働いていりゃあいいんだ。他人のために、少しばかりよいことをしてな。このおれのように、安楽に暮せるのだ。心配もなく、自分だけの家で。おまえは今にあの子を狂わせてしまうぞ。いつか、自分で自分の喉を絞めてしまうかもしれねえ。生きてることが苦しくなってな。

舞子　（苦し気に立ち上り、両腕を伸し、激しい息使いで）イ、ミ、ズ、チ、カ、チ、ゼ、カゼ、ヒ、ミ、ヒ、ヒ、チ、アナタガ、カカ、ミズ、スミ、ミズ、ハイ、ツチ、チ……（続ける）

吐土　舞子！　なにをいってるんだ、おれには分らない。

奴埋　苦しそうだ。死んだ方がいいかもしれん。死んだら、一番上等の棺桶に入れて、松の木の根元の砂の中に埋めてやろう。大きな墓標を立ててな。狂える娘の眠れる地か。

人見　あんた、どこにそんな余分なお金があるの。あたしに服を買って。

奴埋　ああ、着物が苦しいのかもしれん。脱がしてやれ。（舞子に近づこうとする）

人見　（奴埋を引き留めて）これ、他人の女に手を出すの。（怒って奴埋を自分の家へ連れ戻す。舞子の独り言続く。人見、発作的に身を奴埋の胸の中に投げかける）こわい！　あの狂った声。わけの分らない言葉を。どこまでも。ああ！　（両手で耳を塞ぐ）あたしまでが狂いそうだ。抱いて！　（奴埋、顔は舞子の方に向けたまま人見の体を抱く）もっと強く！　（奴埋、強く人見を抱くが、顔と体をさらにねじって舞子の方を見る）

舞子黙り、膝を折って坐る。

吐土　（舞子のまえにしゃがむ）舞子！　おまえはしゃべりたいのかい？　言葉を知りたいんだね？

舞子　（沈黙）アナタガ！　アナタガ！

吐土　おれになにかいいたいんだね？　（間。舞子大きくうなずいてうなだれる。吐土、左手で舞子の右手を取り、右手を舞子の頤に当てて、そっと上に向けさせせ、目を見つめる。間）舞子、おまえは、おれに、なにをいいたいのだね？（沈黙）おまえのいいたい言葉を教えてやろう。（さらに舞子に近づいて坐り、舞子の顔を布で拭き、髪の毛をなおしてやる）さあ、いってごらん。ア、ナ、タ、ガ。

舞子　（泣き声で低く）ア、ナ、タ、ガ。

吐土　アナタガ。

舞子　（同じ）アナタガ。

吐土　ス。

舞子　（同じ）ス。

吐土　（少し大きく）ス。

舞子　（少し大きく）ス。

吐土　キ。（沈黙）キ。

舞子　（低く、弱く）キ。

吐土　キ。

舞子　（うつむいて、かすれるように）キ。

吐土　（右手の指でまた舞子の顔を上げて見つめながら）キ。

舞子　キ。

吐土　（よりはっきりと）キ。
舞子　（よりはっきりと）キ。
吐土　ス。
舞子　ス。
吐土　キ。
舞子　キ。
吐土　ス、キ。
舞子　ス、キ。
吐土　ス、キ。
舞子　ス、キ。
吐土　スキ。
舞子　スキ。
吐土　スキ。
舞子　スキ。
吐土　アナタガ。
舞子　アナタガ。
吐土　スキ。

舞子 スキ。
吐土 アナタガ、スキ。
舞子 アナタガ、キキ。
吐土 アナタガ、（はっきりと）スキ。
舞子 アナタガ、（はっきりと）スキ。
吐土 アナタガ、スキ。
舞子 アナタガ、（泣きべそをかく）アナタガ。
吐土 スキ。
舞子 （小さな声で）スキ。
吐土 アナタガ、スキ。
舞子 （同じ）アナタガ、スキ。
吐土 できた！ それでいいんだよ。（舞子の顔を撫でる）アナタガスキ。
舞子 （同じ）アナタガスキ。
吐土 （少し大きく）アナタガ、スキ。
舞子 （少し大きく）アナタガ、スキ。
吐土 もう話しができるよ、舞子。
舞子 （普通の声で）アナタガスキ、アナタガスキ。

吐土　（舞子を抱き寄せ）舞子！　可愛い子。おれの娘。おれのただ一人の話し相手。昼も、夜も。（舞子の頭に接吻する）

舞子　（吐土の体の下から）アナタガスキ、アナタガスキ。

吐土　おまえが好きだよ。（間。突然舞子から身を振り離して立ち上る）ああ！　おれは、またなにを始めようとしてるのだ。（塔の方へ歩いていく）

舞子　アナタガ、アナタガ。

奴埋、人見をぎこちなく放し、だるそうに仕事を始める。人見、あえぎながら寝台へいき、身を投げ出す。

吐土、塔に登る。

奴埋　吐土！　もう働くのは止めたのか。怠け者め！　ちょっぴりパンを手に入れりゃ、すぐ働かなくなる。こっちにも都合ってものがあるんだからね。勝手に止められちゃ困るんだよ。仕事のねえときだってあるんだ。あいつ、また高い所に登ってやがる。昼間は星は見えねえよ。（吐土、塔の上にしゃがみ、じっと舞台奥の方を眺める）おまえは一体なんのために生きてるんだね。食べる分だけ働いて、あとは塔の上で景色を眺めている。おまえの女はひもじくて、着る物もない。冬がきたらどうするんだね。

人見　（身を起して）あんた、他人の女のことなんかどうだっていいでしょ。（甘えるように）ねえ、あたしに新しい服買って。これ、もう形が古くなったわ。

奴埋　まだ着られる。

人見　（身を乗り出して）あなあた、あたしを大事にしてくれないの。

奴埋　あああ、この仕事が片づいたらな。

吐土　（急に立ち上って）あれはなんだ！　あの、青黒く震えてる、平らな筋。こまかく、風のように、白くめくれて。（間）ああ！　うみだ！　海が見える。長いこと見なかった。屋根も、森も、壁も無くなって。広い、実に広い。燃える大地を冷やし、乾いた風を湿めらす。太陽を濡らし、星を映す。屍を融かし、砂底に沈め、岩を造る。おれはまだ海に入ったことがない。触わったこともない。遠くから、塔の上から眺めるだけだった。（客席の方に向きなおる）見えない、なんにも、ない。（間。急いで塔を下り、舞子のまえへいき、その両手を握る）舞子！（二人は目を見つめ合う。舞子の右手を唇にもっていこうとする。急に、舞子の両手を投げ捨てるように離す）畜生！　おれはまた。（立ち上り舞台中央へ出る。両手を握って肩の上に上げる）強くなりたい。一人で。（しばらく考え込む。決然と）おれはゆく。

奴埋　（手を止めて）どこへいくんだ？

吐土　海だ。

奴埋　歩けるのかい？

吐土　歩く。

奴埋　さっきは、ろくに立てもしなかったくせに。途中で倒れたら、そのままのたれ死にだよ。

吐土　のたれて死のうが、棺桶の上で死のうが、おんなじことだ。

奴埋　先に棺桶代払っておいたらどうだ。埋葬代と。その分だけかせいでおきゃ、いつどこでも、安心して死ねらあね。三日働きゃあいいんだ。特別に上等の棺桶に入れて、松の木の根元の……。

吐土　おれは今ゆく。

人見　あの人きっと死ぬわ。あんなに弱ってるのに。

奴埋　おまえは道端で死ぬんだぞ。身体は雨曝らし、陽に灼かれ、犬に噛まれ、白い骨になるまでしゃぶられる。だれもおまえの棺桶代を払う者はおらんし、他人の身体とくっついて、永久に一人で眠ることはできんのだぞ。土の上で。

吐土　うるさい！　おれは海を見にゆくのだ。

奴埋　溺れて死ぬなよ。鳥の骨みてえに波に洗われて、浜辺の砂利に曝らされて、博物館の標本みてえにな。

吐土　博物館の標本だと？　ははは、おれの骨が博物館の標本になるか。こいつは楽しみだ。

（よろめきながら、上下にばかり張り切って身体をゆすり、下手へ歩く）

奴埋と人見、立ち止って見送る。

舞子　（立って腕を伸しながら）アナタガスキ！　アナタガスキ！

吐土、振り向いて舞子を見るが、今度は走り出すように退場。

溶暗

第三場

数日後の午後。

情景、第二場と同じ。奴埋の家のまえには、墓標の代りに、立派な棺桶が一つ置いてある。

舞子の歌う声が聞えてくる。

舞子　（淋しく）

かぜのたつ

おびのふるえ

かみのなる

溶明。舞子は白い着物を縫っている。

なみのたつ
にくのやぶれ
ちのながる

ときのたつ
あなのくちて
はのならぶ

奴埋、塗料と刷毛を持って下手より現われる。舞子の歌う声に驚いて、また退こうとするが、舞子の歌が止んで、恐る恐る自分の棺桶の所へいき、腰を下ろし、塗料を塗り始める。

舞子　かぜ。（少し大きく）かぜ。

奴埋　（慌てて刷毛を置いて立ち上る）止めてくれ、女。その変てこな歌を歌うな。それを聞くと気分が悪くなる。いやな歌だ。くだらん歌だ。おれの幸せに雑音を入れないでくれ。立派な棺桶ができる。これさえでき上りゃ、おれは永久に安住できるんだからな。（再びしゃがんで塗り始める）いずれおれはこの中に入る。暖い毛布にくるまって、静かに蓋を閉め、だれにも見られず、また目が覚めるまで眠る。安らかに風の音を聞きながら。（慌てて）いや違う。ばか！　かぜ。畜生！　そんなものは聞えやせん。この板は厚いんだからな。（刷毛を置いて、棺桶を両手で撫でる）雨にも風にも耐える丈夫なものだ。なんにも聞えん。鼻の息、胸の鼓動、きれいな音楽、遠くの方から、天の上からも、地の底からも湧いてくるかもしれん。そのときはおれの眠るときだ。目の覚めるときかもしれん。暗い箱の中から少しずつ蓋を開ける。花と光と、青い空気に満ちた世界が……。

舞子　アナタガスキ、アナタガスキ。

奴埋　（棺桶を磨き始める）吐土はまだ帰ってこないのかね。（沈黙）可哀そうに、落ち着かないやつだ。海までゆき着けたかね。途中で倒れているかもしれん。他の死体に混って。海を見たいというやつはたくさんいた。みんな海に入ってみたいといった。ほんとうにいった者はだれもいない。遠い地平線の果てまで歩き続けられたものは一人もいない。飢えて疲れて、道端の草蔭に横になり、そのまま白い骨になった。道には、墓標が垣根のように並んで、墓標のない者は、白い骨の黒い蔭がその標しになった。

舞子　ミズ！　ミズ！

奴埋　海の中を歩いてるだろうか。濡れた足は重くなって、たちまち波にさらわれ、洗われて、沈んでいったかもしれん。なんにもありゃせん。貝殻一つ見つからん。果てしない砂だ。気の毒な男だ。いつも苦しんでばかりいた。一人で、我慢するように生きていた。他にいく所もなくて。あいつの魂はとんでもない所にずれちまってたんだ。坐り心地が悪いもんだから、暇さえありゃ高い所に登り、魂を探しても、見つからねえもんだから、とうとう海へいっちまった。なにもかもが、海に流れ込むんだと信じてた。

舞子　（白い着物を着て立ち上る）

奴埋　淋しいのか、おまえさんのたった一人の話相手がいなくなって？　はっは、おまえの言葉が分るのはあいつだけだったからな。話し相手がいなくなったら、人間は生きていけねえ。（舞子、塔の方へ歩いていく）どんなつまらねえ野郎でもいいから、おれの話を聞いて、それが分ったとまたたいてくれさえすりゃ、おれは自分が生きてることが分るんだ。おれが言葉をしゃべったということ、おれがなにかを考えたということ、おれのいることが、他人に認められたということだ。（舞子、塔に触れ、見上げる）だれも聞いてくれるものがいなきゃ、雲を相手に話したって、空に字を書くようなもんだ。幸い、おれの言葉は他人に通じるからな。ところが、おまえのしゃべってることといったら、まるで他人には分らねえことだ。あの男以外にはな。だれにも分らねえことしゃべったって、おまえが生きてる証拠にはならねえよ。だれも答えちゃくれねえからな。箱の中の死人とおんなじだ。（舞子、塔に登り始める）いつまでも生きていたけりゃ、いつまでも人に分る言葉を知ることだ。おれもいつかは、この小さな箱の中で暮すことになる。おれの箱は、他のやつらのより立派に作ってあるが。おれは死人たちの言葉を知りてえんだ。そのうち、分るときがくるだろう。死んで箱の中に入ってもな、隣の死人たちと話しができりゃ、おれはそこでも、生き続けられるというわけだ。言葉を話して、それが相手に通じる限りはな。

舞子　（塔の中途までよじ登り、客席の方を向いて、大きな声で）アナタガ！　アナタガ！

奴埋　（驚いて舞子の方を振り向き、塔の下へ馳け寄る）あ！　あぶない！　そこへは登るな。外を、見ちゃいけねえ！　遠くには、おまえさんの見ちゃあいけねえものがあるんだ。

舞子　（なおも上に登ろうと塔にしがみつく）アナタガ！　アナタガ！

奴埋　（舞子の足を摑む）おまえさんも、海が見たいのか。

舞子　ウミ！　ウミ！

奴埋　また死人たちの許へ帰りたいのか。砂利の上の白骨になって。ここにいても、おまえさんはいずれ死ぬ。あわてなくても。

舞子　シヌ。

奴埋　さあ、さあ、あぶないから降りておいで。おれが話し相手になってやろう。（舞子の腰を抱いて無理に降ろす）

舞子　（奴埋の胸の中に顔をかくして叫ぶ）アナタガ！　アナタガスキ！　アナタガスキ。

奴埋　（沈黙。舞子を抱いたまま うろたえ、思いなおして、右手で舞子の髪を撫で、眺める）

舞子　（押し殺すような声で）アナタガスキ。

奴埋　（不安そうに）おれが？

舞子　アナタガ。（沈黙。奴埋、舞子の身体を抱き締める。舞子、身を離そうともがく。奴埋、無理に顔を上に向けさせて接吻する。奴埋の唇の下で）アナタガスキ。（奴埋の腕に身を任す。沈黙。奴埋、舞子を抱え、吐土の住居へ運ぶ。低く）モエル、（間）モエル、（間）スミ、（間）ハイ。

奴埋　だまるんだ。（舞子を寝台の上に寝かす）

舞子　（同じ）ウミ、チ、（激しく）チ！　（奴埋の接吻で、声は中途でつぶれる。間。声にならぬような声で）ウミ、カゼ！　（間）カゼ、（間。弱く）カゼ。

奴埋、舞子の身体を上から覆うように抱く。

舞台薄暗くなる。

風の音。その彼方から海の音。波の打ち寄せる音だんだん高く。

下手より吐土、やつれ果て、髪を水に濡らし、半ば死人のような姿で、右手にほら貝を持ち、這うように身を崩して入ってくる。舞台中央で立ち止り、奴埋と舞子を注視し、貝を地面に置き、非常な努力をして立ち上り、地に生えた草のようにゆらゆら揺れる。再び非常な努力をして身を屈め、かろうじて腕を伸ばして貝を拾い上げ、起き上る。

風と波の音弱まって消える。

吐土、両手で貝殻の中の水をきり、入念に調べ、口に当て、大きく息を吸い、太く貝を鳴らす。

吐土 ボー――

奴埋 (驚いて振り向き、慌てて身を起こす。低い声で) 吐土!

舞子 (小さな声で) アナタガスキ。

奴埋 (舞子の口を押えながら、声を殺して) 黙れ。

舞子 (奴埋の手を撥ねのけて、破裂するように) アナタガスキ!

奴埋 (絶望的に) だまっているんだ! (もう一度舞子の口を押える)

吐土 (再び貝を口に当てて吹く) ボー―― (両手を離し、貝は足元に落ちる。静かに) 貝は落ちた。(間) 海は満ちて、肉を洗い、骨を磨く。(一歩一歩苦労して舞子の寝台に近づいていく。奴埋はそれに応じて、自分の住居の方へ退き、吐土が舞子のそばへ着いたときは舞台中央に達する) 貝は砂に埋れ、沈み、地の底で、死の歌を呟く。(殺意を込めて舞子の姿を見下ろす)

奴埋 (懇願するように腕を差し出し) 吐土! なにをするんだ。待て! (吐土両手を上げ、力を込める。奴埋、三歩吐土の方へ歩み寄る。絶望的に）止めろ！　おれが、おれを殺せ！

舞子　（恐怖の声で）アナタガ！　（半ば起き上ろうとする。吐土、全身の力を込め、一気に舞子の首を締めつける）

奴埋　（さらに二、三歩進んで手を振り廻す）止めろ！　おれが悪い、おれがしたんだ。

下手より人見、半狂乱で馳け込み、舞台中央で膝をつき、自ら自分の首を絞め、上半身をのけぞらせる。

人見　おおお！　助けて！　殺される。きて！　だれか！

奴埋　（驚いて振り向く）人見！　（人見の方へ馳け寄ろうとし、また舞子をためらい、しばらく二人の間をうろうろするが、結局人見の許へ走り寄って、首から手を脱し、人見の身体を抱く）人見！　どうしたんだ。（人見、死んだように奴埋の腕に身を任す）

舞子　アナタガスキ！　（言葉の終りの方は最期の悲鳴に変って終る）

沈黙。舞台やや薄暗くなる。

奴埋、人見を自分の家へ運んでいく。

吐土　（一気に舞子を殺してしまうと、抜け殻のように塔へ歩み寄り、塔にしがみつき、やっとのことで上までよじ登り、頂上で舞台の方を向いてしゃがむ。泣き声で）おしまいだ。（間）また、繰り返しだ。（間）無駄だ、なんにもなりゃしない。太陽は昇り、そして、沈む。一人の女を知り、愛し、そして、終り。また、一人になった。このまえと、おんなじだ。どこも変らない。（空を見る。辺り一層暗くなる）あ！　星だ。（間）おれはいつも、高い所に坐って、星を見ていた。星はいつも変らず、闇の中に、細い光で、おれの眼を照した。（間）ああ！（突然立ち上る）星が動く！　星が動く！　（指で星の軌跡を追うように身を傾けながら、重心を失い、塔から転落し、下に横たわり、動かなくなる。消え入るように）星が動く。

幕

第三幕

三十年後。冬。

墓地のような場所。中央の石の台の上に奴埋の大きな棺桶。その蓋の上に白い布を掛け、その上に白い経帷子に包まれて死を迎えた、年老いた奴埋が横たわっている。棺桶は傾斜をもたせ、客席に上部が見えるようになっている。頭の所に十字形の墓標が立っている。

右手に第一幕と同じ塔。

年老いた吐土が杖をつき、片足を引き摺りながら舞台を左右に歩き廻り、ときどき奴埋の脇に立ち止って奴埋の様子を窺う。吐土はこの幕中絶えず歩き廻り、三十秒以上立ち止ることはなく、その足音の緩急は音楽的効果を与える。

奴埋　（激痛に襲われて呻く）おおう、おおう。（吐土立ち止り、急いで奴埋のそばへいき、屈み込み、薬を嗅がせる。間。再び歩き始める。間。奴埋低く呻く）おおう。（間）吐土。

吐土　（奴埋のそばへいき、顔を覗き込む。優しく）なんだね？
奴埋　（間）なんでもない。（吐土歩き出す。三歩。奴埋低く呻く）あはあ。吐土！
吐土　（急いで奴埋のそばへ戻る）なんだね？
奴埋　（力を入れて）たすけてくれ。
吐土　（間）死にたくないのかい。
奴埋　（強く）生きたい。
吐土　（歩き出す）無駄だよ。同じことを繰り返すだけだ。
奴埋　（弱く）おまえは、まだ、死なねえで、いられる、からな。おれは、もう、少し、しか、生きられ、ねえ。（苦しそうに）話すのも、倹約、しねえと。
吐土　（立ち止る）黙っていた方がいいよ、おまえさん。その方が長く生きられる。
奴埋　なんのために、生きてんだ。話も、でけず、動けも、せずに。
吐土　しゃべらなくとも、生きていられる。黙っている方が、生きてることがよく分る。
奴埋　おまえは、絶えず、しゃべって、ばかり、いたじゃ、ねえか。話したい、相手が、欲しい、ていってた。
吐土　だれも聞いちゃくれなかった、だれも返事してくれなかった。（苛立たしく歩き廻り、立ち止る）舞子！　おれはおまえに、言葉を教えた。おまえは、わけも分らず、しゃべり出した。意味もなくて。それで、おれは、おまえが生きた、と喜んだ。それがおまえだと思って。

奴埋　おまえの、ことを、スキだと、いってたよ。
吐土　（声を落して）おまえには分っていたのだ。おれのしゃべっていたことが。おまえはなにもいわなかったが、それが、おれには分らなかった。
奴埋　口が、きけねえのに、あの子に、分る、はずがねえよ。ときどき、わけの分らねえ、言葉を、しゃべってた。覚えてないか、呪文みてえな。
吐土　（歩き出し、止る）舞子！（間）おまえはもう、なにも、呪文もいわなくなった。でも、おまえは生きている。死んだ者は、黙っていても、おれたちよりも、生きている。なにも語らないでいるから、自分がものであることが、よく分る。
奴埋　ものじゃない。おれは、ものじゃ、ないぞ。
吐土　（客席に向って）舞子！　おれは、おまえの言葉が分らなかった。言葉なく、いっていたことを。おまえの目の色、奥の、暗い影を、見たことがなかった。おまえはいつも、もやの中にいた。息をこらし、肩を震わせ、波のごと揺れていた。暗いもやは、おまえの中から流れ出た、遠い囁き、低い溜息だった。その中に包まれて、おまえの姿は、おれの記憶のように、ぼんやりしていた。（歩き出す）おまえは、おれに言葉を教えにきた風の囁きだった。

沈黙。

奴埋　（衰弱した声で）吐土！
吐土　（立ち止り、奴埋のそばへいき、顔を覗き込む。優しく）なんだね？
奴埋　（同じ）なんでもない。
吐土　（三歩歩き、又もとに戻って、奴埋の上に屈み込む）こわいのかい？
奴埋　（間。弱く）おれは、まだ、生きてるのか？
吐土　おまえさんは、今、話をしているよ。
奴埋　じゃ、生きてる、な。
吐土　目をつむってごらん。（奴埋の目蓋を静かに閉じさせる。優しく）静かに眠れ。その中で、いつまでも、生きられるのだよ。
奴埋　ほんとうに、そう、思うか？（沈黙。吐土、歩き廻る。不安そうに）おれは、そう思わん。
吐土　おまえさんは毎日、棺桶を磨きながら、その中で、一人暮すのが楽しみだと、いっていたよ。いつまでも幸せだと。
奴埋　死が、遠くに、あった、ときの、ことだ。
吐土　もうすぐ終る。突然、気がつかないうちに、話してる間に、ふっと途絶えるかもしれん。脈は切れ、口は開けたまま、声は喉で止る。肉はほぐれ、粒になって隙間から、流れていく。あとには骨だけが、土の中で化石になる。おまえさんはいつも、死人と暮してた。
奴埋　（絶望的に）今に、なって、おれを、いじめる、気か。

吐土　（立ち止り、奴埋に手で合図し）静かに！（間。両腕を上げ）今、風がおれの頭を吹き抜けた。畜生。取り逃した。一瞬もやが晴れて、すべてがはっきり見えたんだ。（苛立たしく歩き廻り、立ち止り、右腕を振る。早口に）おお、そうだ！　細かい粒にほぐれて、棺桶の隙間から流れ出る。土に浸みて、地下水に融け、海の中へ流れ込む。（杖を振り廻し、興奮して歩き廻る）皮と肉は……骨は化石となって……。

奴埋　（前よりも衰弱した声で）吐土！

吐土　（立ち止り奴埋のそばへいき、顔を覗き込む。優しく）なんだね。

奴埋　（弱々しく）おれは、ほんとうに、生きて、きたのか？

吐土　おまえさんは、話をしていたよ。

奴埋　（同じ）おれは、なにをして、きたのか？

吐土　おまえさんは棺桶を作った。墓標を作った。

奴埋　（不安そうに）それから？

吐土　それだけだ。

奴埋　（やや強く）そんなはずはない。まだなにか、あったはずだ。

吐土　（間）子供を作った。

奴埋　（安堵の声で）ああ、おれの、子供は？

吐土　棺桶を作っている。

奴埋　おれの、棺桶は？
吐土　おまえさんの身体の下にあるよ。
奴埋　立派に、できているか？
吐土　ピカピカに光ってるよ。頑丈にできてる。雨は漏らないだろう。
奴埋　その中に、入れて、もらえるんだな？
吐土　おまえさんは棺桶の蓋の上に寝ているのだよ。おまえさんはいつも棺桶の蓋の上に寝ていた。女房と一緒に。今は一人だ。心配しなくてもいい。いつでも、すぐに入れるよ。
奴埋　おれの、墓標は？
吐土　おまえさんの頭の所に立っている。
奴埋　大きいか？
吐土　こんなでかいのは見たことがない。
奴埋　おれの名前が、おれの名前が、書いてあるか？
吐土　（墓標に触わる）大きく「奴埋之墓」と書いてあるよ。おまえさんは、自分の名前が、どこかに書かれてあるのを、見たことがないだろう。おまえさんが、自分で書いたんだ。立派な字だ。おまえさんの生まれた日と、死んだ日も書いてある。おまえさんは、とっくに死んでいたんだな。この柱がおまえさんだ、この木の柱が。遠くからも目立つ、太い柱だ。
奴埋　倒れないか？

吐土　（柱を動かそうとする）深く埋めてある。死ぬまえから、立っているんだ。なにもかも、準備はできている。（沈黙。歩き出す）細かい粒となって、水に融け、土の中を、海へ、海へ。澄んだ水が、黒く染まり、海に溜まり、底へ沈む。死者たちの魂は、砂の中で、秘かに囁く。

沈黙。

奴埋　聞えない。なにも、聞えない。吐土！

吐土　（立ち止る）なんだね？

奴埋　なにか、聞えるか？

吐土　（耳をすます）ああ、聞える。

奴埋　なんの、音だ。

吐土　（耳をすます）風の音だ。

奴埋　なんと、いってるんだ？

吐土　（耳をすます）待っている、といってるよ。

奴埋　（間）吐土！　おれは、なにを、しゃべってる、のかね？

吐土　おれはなにをしゃべってるのかね、といっているよ。（歩き出す）

奴埋　おまえには、おれの、言葉が、分るのだな。おれには分らない。死人たちの、言葉が。おれの、言葉も、分らないだろう。吐土、おまえと、別れたら、だれと、話すんだ。

吐土　隣りに寝ている、人見と話せばいい。

奴埋　死人たち、みんなと、話したい。

吐土　なにを話すのだ。

奴埋　なんでも、いい。自分の、ことだ。自分が、生きてる、ことを、確かめる、ためだ。死んだ、あとでも。

吐土　（立ち止る）同じだよ、今だって。おまえさんのいってることは、だれにも分りっこないさ。おまえさんはいつだって、自分のことばかり話していた。そんなことは、他人には分りゃしないのだ。そんなことは、生きてる証拠にはなりゃしないのだ。

奴埋　おれは、なくなりたく、ない。

吐土　木の柱が朽ちたら、石の柱を建ててやろう。

奴埋　おれは、間違ってたんじゃ、ないだろうな。

吐土　間違いなどはないのさ。そんなことは、聞かない方がいい。無駄だよ。なんにもなりゃしない。黙っていた方がいい。（間）静かに。（間）なにか、聞えてくるだろう。（静かに歩き出す）

風の音。死者達の言葉。死者達の声。

奴埋　（夢見るように、嬉しそうに）おお、聞える、死人たちの声だ。

吐土　呼んでいるだろう。

奴埋　呼んでる。

吐土　それは、おまえさんの声だ。

奴埋　おれの？

吐土　おまえさんに、今まで聞えなかった声だ。耳を傾けたことはなかったからな。おまえさんの言葉のうしろで、いつも呼んでいたのだ。言葉もなしに。

奴埋　（少し身を起し）おれを呼んでる。

吐土　（立ち止る。数歩奴埋に歩み寄る）じっと、（手を上げる）動かないでいた方がいい。静かに、自分の声を聞くといい。おまえさんが、初めてしゃべり出したときから、呼んでいた声だ。死ぬ間際になって、（失言に気づいて奴埋の顔色を窺う）やっと聞いた声だ。

奴埋　まるで、おれの声じゃない。

吐土　まるで、おまえさんの声じゃない。初めて聞くのだからな。それが、ほんとうの、おまえさんの声なんだ。

死者達の歌うような声。

奴埋 （一層身を起す）なんて、いってるんだ？

吐土 静かに、黙って聞くのだ。

死者達の声一層大きくなる。

奴埋 分らない。吐土、なんて、いってるんだ？

吐土 （奴埋のそばへいき、肩に触れる）静かに。

奴埋 （非常に衰弱した声で）教えて、くれ。（間）分らない、うちに、死にたく、ない。（間）死んだら、（間）おれは、たった、一人だ、（間）闇の中で。（間）分るまでは、（かすれた声で）分るまでは……。（後に倒れる）

死者達の歌うような声弱まって消えていく。

吐土 また一人になるのだ。生まれたとき、おまえさんは一人だった。おれも一人だった。それから、おまえさんは、いつも二人だった。おれはいつも一人だった。おれにはいつもあの声が聞えていた。（舞台中央まで歩く）自分の声だ。声の呼ぶ方へいき、そのたびにひどい目に会い、戻ってきた。その声を鎮めることはできなくて。その声を聞くのをおまえさんは恐れていた。たくさん棺桶を作った。その棺桶にたくさんの死者を入れ、葬った。それでも、死者たちの声を鎮めることはできなかった。それは、いつも、おまえさんの中から聞えていたのだ。おまえさん自身が、棺桶の中に入るまでは。（間）おれには分っている。その声の意味は。それが聞える限り、おれはその方に向って歩く。（盛んに杖を使って歩き廻り、立ち止る）歩く。（別の方向へ数歩歩き、止る）歩く。（同じ方向へ数歩歩き、止る）歩く。（別の方向へ三歩歩き、止る。耳をすます）聞えなくなった。（別の方向へ三歩歩き、耳をすます）聞えない。（急いで奴埋のそばへ歩み寄り、屈み込み、顔を覗く）奴埋！　聞えたか？　真直ぐ上を向いてるな。空を見ているのか？（吐土、空を見上げる）まだ星は出ていない。なにをいおうとしているのだ。口を開けて。分ったのか？　とうとう！　意味が？　笑っている。歯を並べて。分ったんだな。おまえさん。うん、分る。おれにも、おまえさんのいってることが分る。おまえさんがなにもいわなくなったとき、おれはおまえさんの声が分るのだ。それは、おまえさんが生きている証拠だ。今、おまえさんはほんとうに生きているのだよ。奴埋！　おれのいってることが分るな。奴埋。分ったよ。黙っているのだな。だが、返事だけしてくれ。いいから、ひとこと、うん、といってみな。なあ、奴埋。（右の手を杖から脱し、静かに奴埋の額の上に置く。慌てて）ああ！　冷たい！　おまえさん、どうしたんだ？　額が石のように冷たい。おい、奴埋！（杖を下に落し、奴埋の脇に寄り、奴埋の目蓋と心臓に手を触れる）死んだ！（間）目も、心臓も、動かない。(奴埋の目蓋をふさぐ) 目をつむれ。もう、見なくていい。口を閉じろ。(口を閉じさせる) もうしゃべらなくていい。(間) 手を。(奴埋を包んでいる経帷子の中から、硬直した腕を取り出す) 枯枝のようだ。木の肌よりも、冷たさが、おれの皮膚にしみる。死んだ。皮膚の中で、骨が石になってゆく。(奴埋の腕を離す) ああ、板のように落ちる。(右手で自分の左腕を触ってみる) おお、おれの腕は暖かい、血が脈打っている。(左腕を曲げる) 曲がる。おれの意志の通りに。(右の腕を曲げる) 曲がる。これはおれの腕だ。(首を廻す) おれの首だ。(身体を前後に曲げる) 曲がる。おれの思う通りに。(身体を左右に曲げる) おれの身体は熱くなる。中で火が燃えているようだ。(身をかがめて杖を拾い上げ、元気よく、跳ぶように舞台を歩き廻る) おれは歩けるぞ。(間) おれは生きている。おれの思う通りに動く。この身体はおれの身体だ。(再び奴埋のそばへ戻り、奴埋を見下ろす) 奴埋は死者になった。語らずに、自分の作った棺桶の中に入れられるのを待っている。(白布で奴埋の身体をすっかり包み始める) おまえさんは、棺桶の中で、自分の言葉で語り始めるだろう。語る言葉を知ったならば、永久に語り続け、それは風に運ばれ、他の死者たちの声と一緒に、この地上を這い、言葉を知らぬ人たちに、言葉を教えるだろう。生きている者たちは、死者たちの言葉が分ったとき、死者たちと同じように、沈黙することを知るだろう。そのとき、言葉のほんとうの意味が解けて、皆死者たちにも分る言葉を、話し始めるだろう。(奴埋を包み終え、奴埋の死体を、棺桶の中に入れ始める) さあ、奴埋、おまえさんだけの小さな家の中に入れてやろう。それが、生きていたときの、おまえさんの望みだった。自分で立派な家を作り、その中で、だれにも見られずに、暖かく、静かに暮したいといっていた。厚い板の、雨も風も浸み込まぬ立派な家の中で。（間）ちょっと動かすからな、辛抱するんだよ。大丈夫だ。おまえさんの目を覚まさせるようなことはしない。（不自由な足でたびたび倒れそうになりながら、大げさな身振りでせわしくあえぎ、蓋をずらして、奴埋の遺体を棺桶の中に入れる）さあ、おまえさんの家だよ。布にくるまって、土の中で、静かに夢を見るといい。隣りの死者たちが、おまえさんに話しかけてくるだろう。すきなだけ話しができるよ。気の向かないときは眠っていればいい。おまえさんが間違っていたわけじゃない。おまえさんが悪かったわけでもない。みんなおまえさんみたいに生き、おまえさんみたいに死に、おまえさんみたいに葬られるのだ。ただ、おまえさんは気がつかなかっただけだ。（奴埋の棺桶の上に蓋をし終る。その上に白い布をかける。そばの墓標を撫で、見上げる）これがある間は、これがおまえさんの生きていた証拠になるかもしれない。他になにがあるというのだ。べつに、仕方がない。ただ、気がつかなかっただけだ。

（舞台やや暗くなる。杖を取り上げ、静かに塔の方へ歩み、塔を摑み、杖を立てかけ、上を仰ぐ）まだ星は出ていない。風も。上にいけば、見えるかもしれない。（非常な努力で、落ちそうになりながら、やっとのことで上までよじ登る。上でぐったりとなってうずくまる）なにも見えない。（間）なにも聞えない。

棺桶の部分を残して暗くなる。

風の音だんだん高まる。死者達の苦痛の呻き声。それにつれて歌うような声が聞えてくる。

舞台四方より、黒布に頭から覆われ、頭の丸みだけ顕著で、他は不定形の動物が次々と二十頭位、小刻みに走りながら現われる。それらは蛆を連想させるように、絶えず身体中を動かし、頭を振り、うろうろぶつかり合いながらも一団となり、徐々に棺桶に近づく。溜息のような奇怪な無声音を発しながらもみ合い、黒い衣裳の集合で白布に包まれた棺桶を覆って見えなくする。白布を取り除き、棺桶の蓋と四方の板を外して、非能率的に何度も往復し、その周りをただうろつき回りながら、舞台から運び出す。棺桶の底の板の上に、白布で包まれて横たわった奴埋の亡骸が一時全部現われ、しばらく黒い動物の群で見え隠れし、最後に黒い群で覆われて見えなくなり、しばらく覆いかぶさって押し合っているが、突然低い単調な鳴き声を次々と発し、それが全体に伝わり、だんだん高くなり、遂に奴埋の白い布をはがし、一斉に四方へ逃げ去っていく。後には白い乱雑な布の上に青白く、骸骨の標本のように、奴埋の遺骸が横たわっている。

笑声、風の音、死者の歌声弱まり、消える。

舞台左手溶暗。

塔の上に照明。

吐土、客席に背を向けてしゃがんでいる。
辺りだんだん明るくなる。

吐土 （右腕を前方に伸ばす）そら、明るくなってきたぞ。灰色の空に火がついたようだ。燃え拡がる。今出るぞ。そら、今度こそ今だ！　今だ！　今だ！（脱糞するように中腰になる）今だ！（感嘆の声で）出た！（左手で尻を撫で、またしゃがむ）太陽が、半分、膨れる。どんどん膨れる。ぐるぐる回ってる。（間。用心して立ち上り、両腕を上げ、深呼吸を一回する）また始まりだ。同じことを繰り返す。（突然驚いたように）あれはなんだ？　白く、雲のように光っている。紫の雲の上に、赤く染まって、（間）動かない。（目をこらす）動くか、（間）やっぱり雲じゃない。（目をこらす）山だ！　山が見える。ずい分遠くだ。あんな方に、初めて見る。雲の上に。そうとう高いだろうな。あそこは空の中だ。おれはまだ山に登ったことがない。触ったこともない。頂上は雪だ。苺に染まってるようだ。（間）いってみよう。あそこには、おれの知らないものがある。まだ踏んだこともないものだ。ゆくぞ。（登るときと同じほどの努力をして塔を下り、そこに立てかけてあった杖を取り、その先や強さの具合等を入念に調べる）まだ使えるようだ。おれの足が駄目になるまではもつだろう。（杖を脇の下に入れる）おれはゆく。（数歩歩きながら杖の具合を調べ、奴埋の遺骸のまえで止る）なに一つ聞えない。だれ一人生きてる者はない。動いているのは、おれだけだ。細かい粒にほぐれ、土に浸み、地下水に融け、海の中へ流れ込む。黒い水となって。その水は、山の頂きから、流れ落ちる、透明な水だ。（辺りを見回す）おれは今ゆくぞ！（足早に上手へ立ち去る）

幕

初出一覧

Ⅰ

リトル・ヴェニス　書き下ろし

Ⅱ

蟬しぐれの森　『文学空間』（創樹社）第三期七号／一九九四年
口をきかない影　同　第三期十号／一九九五年
「母への手紙」　同　第三期六号／一九九三年

Ⅲ

風　第一回文藝賞戯曲部門佳作入選／一九六二年
第十六次『新思潮』（晶文社）第五号／一九六三年
『現代演劇』（南雲堂）6／一九六九年

あとがき

見る、描く、そして思うことを書いた新作を少年、青年、中年を書いた作品と並べると、数十年を生きた作者がそれら主要人物たちとあまり変わらず、同じ場所に生きているようで、生きることは成長なのか変化なのか、人間には生まれつきの原型があって、本人は気が付かずに戸惑いながら逃がれようもなく生きてきたことが分かってくる。読者がそれに気がつくなら、人間は原型が膨れ上がり、襞が増え、蜷《とぐろ》を巻きながら生きていくのだと考えるであろう。そうでないものがあるとすれば、それは見せ掛けであり、嘘である。嘘を楽しむ読者もいれば、原型の戯れの滑稽さを笑う読者もいるだろう。滑稽さのなかに人間の生き身はあるのだが、それを、道連れとして下さる読者にこの本を残したいと思う。作品を読み込み、編集の労を取って下さった名嘉真春紀さんに感謝の意を表します。

二〇二一年八月一日

近藤耕人

装幀　幻戯書房
装画　I＋M

近藤耕人（こんどう・こうじん）一九三三年東京生れ。東京大学英文科卒業。

著書に『見ることと語ること』（一九八八）、『アイルランド幻想紀行』（一九九九）、『ドン・キホーテの写真』（二〇〇二）、『石の中から聞こえる声』（二〇〇七）、『目の人』（二〇一二）、『山高帽と黒いオーバーの背』（二〇一四）、『演劇とはなにか』（二〇一八）など。

訳書にスーザン・ソンタグ『写真論』（一九七九）、ジェイムズ・ジョイス『さまよえる人たち』（一九九一）など。写真集に *from Rock to Sand*（二〇二〇）。

リトル・ヴェニス

二〇二一年九月十二日　第一刷発行

著者　近藤耕人
発行者　田尻　勉
発行所　幻戯書房
郵便番号一〇一―〇〇五二
東京都千代田区神田小川町三―十二
岩崎ビル二階
電話　〇三（五二八三）三九三四
FAX　〇三（五二八三）三九三五
URL　http://www.genki-shobou.co.jp/
印刷・製本　中央精版印刷

定価はカバーの裏側に表示してあります。

ISBN978-4-86488-228-6　C0093

風の吹き抜ける部屋　小島信夫

銀河叢書　小説とは何か、「私」とは何か。同時代をともに生きた戦後作家たちへの追想。創作の秘密。そして、死者と生者が交わる言葉の祝祭へ——現代文学の最前衛を走り抜けた小説家が問い続けるもの。1950年代から死去直前までの単行本未収録作品を精選した随筆・評論集。解説＝近藤耕人　4,300円

私は小説である　佐々木敦

「こんなことさえも小説には可能なのだということ、それだけが、ほんとうに重要なことなのだ」。サミュエル・ベケットに始まり、小島信夫、小沼丹、保坂和志、大江健三郎、村上春樹、蓮實重彥、筒井康隆、磯﨑憲一郎、古川日出男、坂口恭平、山下澄人、飴屋法水、そして再びベケットの方へ。「私」と「小説」の可能性を更新する小説論。　3,500円

三つの庵　ソロー、パティニール、芭蕉　クリスチャン・ドゥメ

みずからの住まい、佇まいの中心に文学という名の宇宙が存在する。H・D・ソロー、パティニール、芭蕉——孤高なるユートピアンの芸術家たちがこしらえた「庵」の神秘をめぐる随想の書。世界中のすべての隠遁者におくる《仮住まいの哲学》、孤独な散歩者のための《風景》のレッスン。訳＝小川美登里／鈴木和彦／鳥山定嗣　2,900円

レペルトワールⅠ　1960　ミシェル・ビュトール

フランス文学史に聳え立つ20世紀文芸批評の金字塔、全5巻発刊！「ビュトール宇宙」の集大成、日本初の完訳版。「彼の言葉が達する領域は、バルトやリシャールのそれに比較して、はるかに広く、いつか、思いもかけぬ時期に、モビールのようなフランス文学史ができあがっているかもしれない」（蓮實重彥）。監訳＝石橋正孝　4,500円

離人小説集　鈴木創士

出発ではなく、道を辿り直し、もう同じ場所ではありえない元へと戻り、どうやって何もかも終えるのかを考えるべきかもしれない。芥川龍之介と内田百閒、アルチュール・ランボー、稲垣足穂、フェルナンド・ペソア、原一馬、アントナン・アルトー、小野篁……。〈幻視者たち〉がさすらう文学草子。著者初の書下し小説集。　2,900円

岬　柴田 翔

旧軍用の双眼鏡とその革ケースが歴史を繋ぐ岬の上の一家。戦争末期の小学校教師。留学をためらう若き独文学者。自然の促すままに生きた弟……20世紀を生きた人々の様々な時間が呼応する、柴田文学の新たなる境地。「されど われらが日々—」以来半世紀の時をかけて書き継がれた、書き下ろしを含む中短篇集。　2,200円

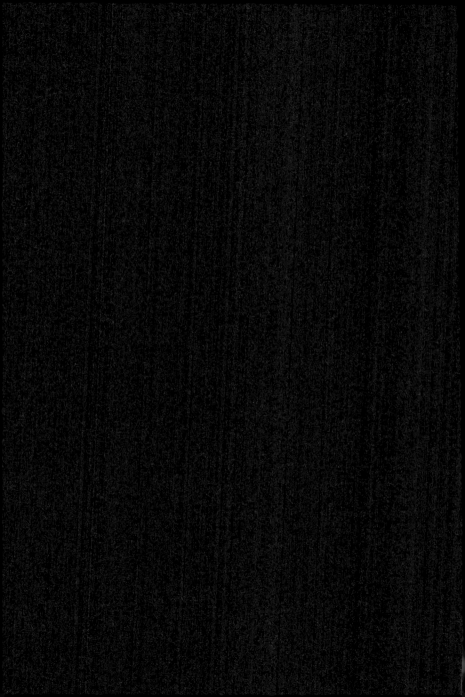